テロと文学

9・11後のアメリカと世界

上岡伸雄
Kamioka Nobuo

a pilot of wis

目次

序章　9・11をめぐる物語たち――7
さまざまな物語／物語と政治／メモリアル／文学がもちうる力

第一章　生と死のあいだの瞬間――「落ちる男」をめぐる物語たち――23
抗議の殺到／「落ちる男」は誰か？／視覚芸術の題材として／
『ものすごくうるさくて、ありえないほど近い』／
普遍性と特殊性／ドン・デリーロ／『墜ちてゆく男』／
パフォーマンス・アーティスト「落ちる男」／
テロの記憶／ビルのなかに入る

第二章　想像不能な人間たちを想像する――テロリストをめぐる物語たち――55
「モハメド・アタの最後の日々」／神を信じない男／
イスラミズム恐怖症／ジョン・アップダイク／『テロリスト』／
デリーロの描くテロリスト／『ザ・ゼロ』／テロの誘発／
ウォルターとの対話／テロを生み出す構図
第三章　権力の横暴と戦う――犯罪とスパイをめぐる物語たち――93
『インサイド・アウト』／H・ブルース・フランクリン教授／
拷問の常態化／アイスラーとの対話／
犯罪小説・スパイ小説の意義／『ブラック・リスト』／
『沈黙の時代に書くということ』／『ワールド・オブ・ライズ』
第四章　ステレオタイプに抵抗する――イスラム教徒をめぐる物語たち――129
『ホームボーイ』／「ファック・ザ・ポリス」／

ナクヴィとの対話／イスラム教徒の苦境／
『コウモリの見た夢』／アッバス准教授とハミッド／
イスラムとイスラミズム／『ウェイスティッド・ヴィジル』／
不正と戦う意識／アラブ系アメリカ人の文学／
「アイオワのスパイシー・チキンの女王」／
「鏡のなかのムスリム」／『かつて約束の地で』／
イスラム教徒の多様性

第五章　できる限り正直に書く——対テロ戦争をめぐる物語たち——173

『一時帰還』／さまざまな語り手／フィル・クレイとの対話／
文学の力／戦争を描くということ／ベトナム戦争期／
9・11後の戦争小説／『イエロー・バード』／感情的な核心／
イラク戦争版『キャッチ＝22』／
『ビリー・リンの長いハーフタイム・ウォーク』／
アメリカとは何か?

第六章　アメリカの未来を見つめる——メモリアルとモスクをめぐる物語——213
パメラ・ゲラー／エイミー・ウォルドマン／
イスラム教徒たちの人物造形／保守派とリベラル派／
アメリカの理想とその限界／実際のメモリアル／
グラウンド・ゼロ・モスクの今／アメリカの進む方向

終　章　ポスト9・11小説のこれから——239
ジェイン・アン・フィリップスとの対話／
『ザ・ロード』／「自分たち」と「他者」

序章　9・11をめぐる物語たち

二〇一一年九月十一日、私はニューヨークを訪れた。言うまでもなく、9・11テロ事件から十周年である。この日の式典に合わせ、ワールドトレードセンターのツインタワー跡地に建てられた9・11メモリアルも遺族向けに公開されることになっていた。一般にはその翌日から公開されたが、予約なしでは入ることができず、すでに数か月後まで満杯だった。

十周年の式典をターゲットにしたテロの恐れがあるということで、ニューヨークには数日前から厳戒態勢が敷かれていた。それでも、当日の早朝、大群衆が式典に訪れた。近くの地下鉄駅からすでに行列ができていて、チェックポイントで厳しいボディチェックを受ける。しかし、メモリアルでの式典に入れるのは遺族だけだ。われわれはヴィージ・ストリート（Vesey Street）の手前までしか行けず、大型スクリーンで式典を見た。

当時ニューヨーク市長だったマイケル・ブルームバーグやバラク・オバマ大統領に続いて、父親を失った青年が遺族を代表してスピーチした。

「父さんは僕にキャッチボールの仕方、自転車の乗り方、学校で努力することなどを教えてくれました。僕は父さんに教わったことをすべて弟にも教えました。父さんに自動車の

大型スクリーンに映し出された9・11十周年の式典

運転の仕方や女の子の誘い方も教わりたかったよ。僕が高校を卒業する姿を見てもらいたかった」

遺族にはそれぞれの物語がある。

式典は続いて午前八時四十六分、アメリカン航空一一便が北タワーに突入した時間に黙禱《もくとう》。このあと三機の飛行機の突入（墜落）、南北タワーの倒壊した時間にも黙禱を捧《ささ》げながら、遺族の代表が犠牲者の名前を読み上げていった。彼らは「愛してるよ、父さん、あなたは僕のヒーローだ」といった言葉を添えた。親族をヒーローとして記憶することで、彼らは生き抜いてきたのである。

さまざまな物語

英雄的な物語はマスコミでも広く報道された。

よく知られている物語に、「レッツ・ロール」という言葉とともに記憶されたものがある。ニューアーク空港から飛び立ったユナイテッド航空九三便をめぐる物語だ。離陸が予定よりも遅れたため、九三便がハイジャックされたとき、乗客たちは携帯電話で地上と連絡を取り、二機の飛行機がワールドトレードセンターに突っ込んだことを知らされていた。そのため、このままでは自分たちも自爆ミサイルにされると悟り、乗客たちはハイジャッカーたちに立ち向かったのだ。

乗客の一人、当時三十二歳でソフトウェア会社に勤務していたトッド・ビーマーは、地上と携帯電話で話し続け、乗客たちの話し合いがまとまる様子を伝えていた。そして、彼の最後の言葉が「準備はいいか？　オーケー、始めよう《レッツ・ロール》」だった。数人の乗客たちが操縦室に突入して戦った結果、九三便はペンシルヴェニア州のシャンクスヴィル付近の野原に墜落。乗客乗員は全員死亡したものの、それ以上の犠牲者は出なかった。ハイジャッカーたちはホワイトハウスか国会議事堂をターゲットにしていたとされ、乗客たちの英雄的な行動が多くの人命を救ったと称《たた》えられた。

また、「赤いバンダナの男」という物語もある。ワールドトレードセンターの南タワーから生還した女性が、自分は「鼻と口に赤いバンダナを巻いた青年に助けられた」と証言した。その青年は一人の女性を背負いながら、ほかの人々を誘導して安全な階まで階段で下り、また上階の人々を助けに上っていったという。その男性がいなかったら助からなかった、と証言した人がほかにもいた。

この新聞記事を読んだ夫婦が、それは息子のウェルズ・クロウザーではないかと名乗り出た。クロウザーは南タワーの一〇四階で働いており、その倒壊とともに犠牲になったとされていた。両親は、赤いバンダナは父親がクロウザーに与えたもので、彼はそれを好んで身に着けていたと言った。また、こういう緊急時に自分の命よりも他人を救おうとしたところが、息子らしいと感じたのだ。生還者たちに写真を見せたところ、みなクロウザーに間違いないと証言、彼は「赤いバンダナの男」として知られるようになった。息子が父との絆《きずな》の印であるバンダナを着けて人々を救ったという物語は、遺族にとって心の支えとなった。

しかし、9・11にまつわる物語は英雄的なものばかりというわけにはいかない。英雄的な行動を起こす間もなく死んでいった者たちがいる。あまりの悲惨さのために、マスコミが報道をためらった物語がある。「自分は臆病だった、だから真っ先に逃げた、だから生き残ってしまった」という思いに苦しむ者たちがいる。悲惨な死を目《ま》の当たりにし、あるいは親族が悲惨な死に方をしたことを知り、トラウマを抱えて生きる者たちがいる……。

物語と政治

一方、英雄的な物語は政治的に利用されることも多い。

二〇〇一年九月二十日、当時のジョージ・W・ブッシュ大統領は上下両院合同会議にトッド・ビーマーの妻、リサを招き、演説を行った。そのなかで彼は「地上の人々を救うためにテロリストにぶつかっていった乗客たちの勇気」を称え、ほかにも事件に関《かか》わった人々の努力や犠牲を称えた上で、「正義がなされなければならない」と強調。全世界に向けて、「アメリカの味方につくのか、テロリストの味方につくのか」という二者択一を迫った。トッド・ビーマーらの犠牲に同情する心があるのなら、アメリカの対テロ戦争も支持しろという無茶な要求だった。

こうしてアメリカはアフガニスタンに戦争を仕かけ、アルカイダをかくまっているとされるタリバン政権を倒した。しかし、タリバンが一九八〇年代に力を得たのは、アメリカが資金提供をしたためだった。アフガニスタンにソ連が侵攻したとき、アメリカはイスラム原理主義者たちに武器を与え、ソ連と戦う戦士たちに仕立て上げたのだ。その結果アフガニスタンにはタリバン政権ができ、市民の自由は大きく制限されたのである。こういう歴史にアメリカの政権担当者たちはきちんと目を向けようとしていない。

また、9・11をきっかけにアメリカの市民的自由も大きく制限された。二〇〇一年十月、ブッシュ政権は米国愛国者法を制定。これによって、法執行機関による情報収集の規制が大幅に緩和され、国民が厳しい監視下に置かれることになった。特に移民は、少しでもテロに関係があると疑われれば長期間拘留されたり、拷問を受けたり、国外追放されたりするようになった。アメリカの民主主義精神とはまったく相容《あいい》れないはずのプライバシー侵害や人権無視がまかり通り、虐待された人々の逸話が数多く生まれたのである。

さらにブッシュは二〇〇三年三月、「イラクが大量破壊兵器を保有している」という物語によってイラクに侵攻した。しかし、大量破壊兵器は見つからず、のちにでっち上げであったことがわかった。このでっち上げには、明らかにマスコミも加担していた。

たとえば『ニューヨークタイムズ』紙は二〇〇二年九月八日、「フセインが原爆の部品探しを活発化」という記事を載せ、「煙の出ている銃（※「動かぬ証拠」という意味）を見つけたときには、それがキノコ雲だったということになりかねない」と警告した。情報源は「ブッシュ政権の政府高官」である。ところが、この記事を副大統領のディック・チェイニーや国家安全保障問題担当の大統領補佐官コンドリーザ・ライスなど、政府高官たちが引用し始め、それを根拠に危機感を煽《あお》った。

ここでは、『ニューヨークタイムズ』紙に掲載されたというのが重要な点であった。タカ派の新聞ならいざ知らず、同紙はリベラルであるというイメージがあっただけに、国民も信用しやすかったのである。このようなブッシュ政権とマスコミとの協力関係によって、確かな証拠もないまま、アメリカはイラク戦争へと向かったのだ。[*1]

米英軍のイラクへの爆撃開始から二か月足らずでサダム・フセイン政権は崩壊、占領統治が始まった。翌年にはイラク暫定政権が誕生、フセインは処刑された。しかし、その後十年を経ても、イラクの政情は安定せず、テロが絶えない。二〇一五年現在は過激派組織ＩＳが台頭し、国境を越えたテロ活動によって、テロの恐怖が全世界に広がっている。

また、二〇〇四年には、イラクのアブグレイブ刑務所でアメリカ兵がイラク人の戦争捕虜を虐待していたことが発覚した。捕虜を裸にして首輪につなぐ、犬をけしかける、排泄《はいせつ》物《ぶつ》にまみれさせるといった写真やビデオが暴露されたのである。これもまた、９・11をめぐるアメリカの恥部とも言える逸話だった。

メモリアル

私は二〇一二年の九月から一三年の三月末まで、フルブライト委員会からの奨学金を得て、アメリカ合衆国ニュージャージー州のラトガーズ大学ニューアーク校に滞在した。マンハッタンのワールドトレードセンター駅から地下鉄で三十分のところである。研究テーマは「９・11テロ事件後の文学」。テロ事件自体やその影響を描いた文学作品をあさりつつ、各地のメモリアルを訪ねたり、作家や研究者にインタビューしたりした。

グラウンド・ゼロのメモリアル

二〇一二年の九月、一年ぶりにツインタワーの跡地を訪れたとき、そこは観光名所となっていた。週日なら予約なしにメモリアルに入れ、観光ツアーのコースにもよく取り入れられていた。ただし、警戒は厳重だ。航空機に搭乗するときと同じように持ち物をチェックされ、金属探知機を通らなければ入れない。入場までにかなり時間がかかった。

　メモリアルの中心はワールドトレードセンターの南北タワーの場所にできた巨大な四角い池である。池というよりも井戸のように深く掘られたもので、そこに四方から常に水が注ぎ込んでいる。池を取り囲む御《み》影石《かげ》のパネルには犠牲者の名が刻まれており、多くの入場者が薄紙と鉛筆で、知り合いの名前を写し取っている。一見、そこは政治性をまったく感じさせない、追悼と癒しの場である。

もちろん、そこは深い感情を呼び起こす場所でもある。観光ツアーでメモリアルを訪れたとき、ペンシルヴェニアから来たという家族と一緒になった。家族は薄紙に犠牲者の名を写し取り、高校生くらいの少女は涙を流していた。「知っている人が犠牲になったのですか?」と訊《き》いてみたところ、そうではないという答えだった。ただ、住んでいる場所の近くにユナイテッド航空九三便が墜落した。だから乗客の名を写し取ったのだ、と。

9・11のメモリアルがあるのはマンハッタンだけではない。テロ現場のペンタゴン(国防総省)はもちろん、ニュージャージー州、ニューヨークのスタテン島、メリーランド州ボルティモアなどにもある。どれも癒しに重きが置かれ、政治性は薄い。たとえばハドソン川の対岸にあるニュージャージー州のメモリアルは「エンプティ・スカイ」と名づけられ、空から消えた南北のツインタワーを偲《しの》ぶオブジェが建てられており、そこにニュージャージー州の犠牲者の名が刻まれている。

ニュージャージー州のメモリアル「エンプティ・スカイ」

アメリカのメモリアルというと、これまでは偉人の功績を称えるか、戦争で戦った者たちを称えるものだった。戦争のメモリアルは、アメリカが悪い敵をやっつけ、平和をもたらしたことを声高に主張する、好戦的と言えるものだ。たとえば真珠湾のメモリアルで映像資料を見ると、撃沈されたアリゾナ号の映像にかぶせて犠牲者たちの名前が読み上げられ、奇襲攻撃の卑劣さが強調される。そして、そこからアメリカ軍が反撃し、日本軍を降伏させるという英雄的な物語が語られる。

そのパターンが通用しなかったのがベトナム戦争である。アメリカが勝ったとは言えない戦争、しかも大義名分の怪しい戦争とあって、兵士たちを単純に称えるわけにいかなかったのだ。ワシントンDCにベトナム戦没者メモリアルが建てられることになり、コンペティションが行われたとき、優勝した案は黒い石に戦没者の名が刻まれるという、「癒し」を重視したものだった。ところが、英雄的に戦った兵士たちを正しく称えていないと感じた者たち（おもに帰還兵たち）がそれに対して異議を申し立てた。設計者のマヤ・リンがアジア系の女性だったことも、反対意見が出た一つの理由である。結局黒い石碑に加え、英雄的な三人の兵士像が建てられることで、論争は決着した。

それと比べると、9・11のメモリアルはどれも「癒し」に徹しているように見える。しかし、政治的なメッセージからまったく無縁というわけにはいかない。周年の式典となればアメリカの国旗がたくさん掲げられ、テロに負けないアメリカの強さを強調する。「復員軍人の日」にもメモリアルで式典があり、アフガニスタンやイラクの戦争で戦った軍人たちの功績が称えられる。私はメモリアルの運営委員会からEメールのニュースレターが届くようにしているが、それは事あるごとに愛国的なメッセージを発している。たとえば真珠湾攻撃の日にも同じように、第二次世界大戦で戦った兵士たちに思いを馳せるように呼びかけられる。9・11テロ事件発生時、それが真珠湾攻撃になぞらえて報道されたことを思い出させられる。

メモリアルとは、つまりオフィシャルな物語が作られる場所だ。9・11テロ事件の場合、どんなオフィシャルな物語が作られてきたのか？　人々の心にはどのような物語が残ったのか？　そして、文学はそれらをどのように描いたのか？　本書はこうしたことを追究していきたいと考えている。

文学がもちうる力

こうしたことに関心を抱いたのは、私がドン・デリーロという作家を研究し、その作品を翻訳してきたためでもある。彼はケネディ暗殺、大衆文化、マスメディア、そしてテロリズムなど、現代人の精神に大きな影響力をもつものを積極的に題材として取り上げてきた。そして、この時代に文学がいかなる力を発揮できるかを模索してきた。9・11テロ事件とは、そのなかでも桁外《けたはず》れのパワーで想像力を圧倒するような出来事ではないか。それを文学はどのように扱うのか？　扱えるのか？　文学で扱うことにどのような意味があるのか？

　こうして私は9・11テロ事件を扱った文学作品を探し、読んでいくようになった。残念ながら日本語以外には英語しか読めないので、扱う作品は英語のものに限られる。おもにアメリカ人の作家が、9・11やその余波をどう扱っているかを問題意識として研究していった。9・11が大災害と同じように扱われているもの、背景にとどまっているものよりも、その特殊性に目を向けているものを中心に取り上げた。規模の大きさのみならず、これに伴う戦争や差別など、政治的な面も注視しなければいけないと考えるからだ。

　これからの考察は、おもに二〇一二年から一三年にかけてのリサーチに基づいている。作家や研究者たちがどう考えているのかも、私の大きな関心事であり、できるだけ彼らと対話するように努めた。もとより資料は膨大で、意見を訊くべき人々の数も計り知れず、とても網羅しようがない。ほんの一握りの人々の意見にすぎないと言われれば、そのとおりだ。しかし、「たまたま」の出会いにすぎなくても、こうした人々の意見が問題の一面に光を当てていることは間違いあるまい。

　テロやメディアの言説が大きな力をもつ現代において、文学がもちうる力を再確認できたらと願っている。

＊1 『ニューヨークタイムズ』紙の記事は、Michael R. Gordon と Judith Miller による "Threats and Responses: The Iraqis; U.S. says Hussein Intensifies Quest for A-Bomb Parts"（http://www.nytimes.com/2002/09/08/world/threats-responses-iraqis-us-says-hussein-intensifies-quest-for-bomb-parts.html）。この部分については、Jane Franklin, "How the New York Times Discovered All Those Wmds in Iraq and Cuba"（http://janefranklin.info/WMDs.htm）を参考にした。

第一章　生と死のあいだの瞬間

――「落ちる男」をめぐる物語たち

ビルの側面から黒い点が次々に落ちた。最初はそれが何かはっきりしなかった。道路を隔てたところで働いていたサラ・サンピーノは、外の黒い煙に気づき、窓に駆け寄った。「窓から人々が飛び降りているのが見えました」と彼女は言った。「八十五階でした。私もかつてそこで働いていたのです」

写真を学ぶ二十一歳の学生、ジェイムズ・ワンは、近くの公園で太極拳をする人々の撮影をしていたが、顔を上げると、北タワーの高いところに人々がいるのが見えた。小さなフィギュアのようだった。レスキュー隊を待っているのか、ただ外を見ているだけなのか、彼にはわからなかった。「彼らはあそこに立っていたんです」と彼は言った。「それからジャンプしました。一人の女性が跳んで、彼女の服が風に大きく膨らみました」

(『ニューヨークタイムズ』二〇〇一年九月十二日)

9・11テロ事件の翌日、こうした記事とともに、衝撃的な写真が『ニューヨークタイムズ』紙に載った。北タワーの側面を真っ逆さまに落ちていく男の写真である。右脚を少し曲げただけで、手足をばたつかせるのでもなく、服装が乱れるでもなく、ただ落ちていく男の姿は、運命を受け入れるかのような崇高ささえあった。

業界最大手の新聞社がこのような残酷《ざんこく》な写真を掲載する？　そのことに驚きや嫌悪感を抱く読者も多いのではないか。こんな目を背けたくなるような写真を敢えて掲載するとは何事だ、と。そして実際、当時のアメリカ国民の多くが、同じような思いを抱いたのである。

抗議の殺到

この写真を撮影したのは、AP通信社のカメラマン、リチャード・ドルーである。彼はロバート・ケネディ暗殺の場面も撮った、当時五十四歳のベテラン。9・11当日はミッドタウンにいたが、飛行機がワールドトレードセンター北タワーに激突したという連絡を受けて、ダウンタウンに向かった。現場近くに着くと、ツインタワーを見上げる人々がハッと息を呑《の》むような音を立てていた。高層階に閉じ込められた人々が、火の熱や煙に耐えかねてであろう、次々に飛び降りていたのである。ドルーは夢中でシャッターを切った。[*1]
会社に戻り、ドルーは自分の撮った写真をコンピュータで開いてみた。そのとき特に一枚の写真が目を引いた。北タワーの側面を真っ逆さまに落ちていく男の写真。実は十二枚の連続写真の一枚だったが、「体が垂直で均衡が取れているために」特に目立ったのだ。この写真はAP通信社のサーバーに送られ、翌朝、『ニューヨークタイムズ』紙だけでなく全米の新聞に掲載された。

その直後から、各新聞社には抗議が殺到した。残酷すぎる、卑劣な覗《のぞ》き趣味だ、良識に欠ける、人の死を利用するのか、犠牲者の家族の傷をえぐるのか……。こうした批判を受け止め、新聞もテレビも、落ちていく人々の写真や映像を使わなくなった。「落ちる男」の写真はいわばタブーとなった。

言うまでもなく、タワーから落ちる人々を撮影したのはドルーだけではない。カナダ人の写真家、ライル・オウェルコもたまたま近くにいて、すぐに現場に向かい、シャッターを切り続けた。彼が撮影したワールドトレードセンターに二機目の飛行機が突入する瞬間の写真は、三日後の『タイム』誌の表紙を飾った。彼もまた落ちる人々の写真を撮影していたが、それらは十年後まで北アメリカの新聞に掲載されることはなかった。

「アメリカは勝者の文化ですから」とオウェルコはこの騒動をこう解釈する。飛び降りる人々というのは「人生を諦《あきら》めただけでなく、アメリカを諦めた、アメリカン・ドリームを諦めたことになってしまうのです。国家としてのアイデンティティが、9・11でソーダの缶のようにつぶされてしまったのですね」(canada.com によるインタビュー記事、"Canadian photographer 'awestruck by the devastation' of 9/11" より)
(http://www.canada.com/news/Canadian+photographer+awestruck+devastation/5367331/story.html)

しかしオウェルコは、落ちる人々の写真が自分にとって重要なものだと考えている。それは「明快な感嘆符を添えて、この日の出来事を要約している」からだ。彼は二〇〇二年、9・11の写真を『そして鳥は鳴かなかった』(*And No Birds Sang*)という写真集にまとめ、私家版として二千部刷った。

「落ちる男」の写真をめぐる騒動はこれだけで終わらなかった。ドルーの写真の落下している人物が誰かを特定しようとする者が現われたのである。

「落ちる男」は誰か？

最初に「落ちる男」を特定しようとしたのは『トロント・グローブ&メイル』紙の記者だった。写真の容貌《ようぼう》と服装からラテン系であろう、レストラン従業員であろうと見当をつけ、北タワー最上階のレストラン「ウィンドウズ・オン・ザ・ワールド」のシェフ、ノルベルト・ヘルナンデスではないかと考えた。ところが、ヘルナンデスの家族に確認しようとして、彼は猛反発を受けることになる。

「彼のはずがない」とノルベルトの妻や娘は言った。「彼はわれわれのもとに帰ると決意していた。そのためならどんな苦痛にも耐えたはずだ。火や煙にひるむはずがない」

火や煙に耐えられずに飛び降りるというのは、彼らの抱いていたノルベルト像に当てはまらなかったのだ。しかも、彼らはカトリック教徒である。カトリックは自殺を認めない。自殺したら地獄に落ちるとされる。それは絶対に受け入れられない。

一方、同じように宗教上の理由で、身内が焼死したと信じたがらない場合もあり得る。たとえばイスラム教徒だ。彼らは、神が作ったものを火で燃やすことは、神によって禁じられていると信じる。つまり、遺体の焼却はタブーなのだ。エイミー・ウォルドマンの小説『サブミッション』(Amy Waldman, *The Submission*, 2011)では、夫をワールドトレードセンターでなくしたイスラム教徒の女性が、そのことで思い悩む姿が描かれている。「イナム(※夫の名)の魂はどこへ行くのか? このために彼は楽園に行けないということになるのか?」(上岡訳、一二二頁)

対照的に、身内が飛び降りたと信じ、そこに慰めを見出《みいだ》す人もいた。ワールドトレードセンターで妻を失ったリチャード・ペコレラは、飛び降りた人々の写真のなかに妻がいるのではないかと必死に捜した。焼け死ぬか飛び降りるかしかない状況で、窒息死するより自ら死を選ぶというのは勇敢な行為である、と考えたのだ。そして、飛び降りた人々の写真のなかに妻と思われるものを見つけ、苦痛が少し和らいだという。妻の最期《さいご》を知らないというのが苦痛だったが、飛び降りたと知って、妻の死を受け入れられたのだ。

「落ちる男」の身元については、ライターのトム・ジュノーが調査を続けた。彼は、ビルから人々が飛び降りたことは否定しようのない現実であり、それがタブー視されるのはおかしいと考えたのである。

連続写真のすべてを見て、ジュノーの最初の印象は覆った。「落ちる男」は運命を受け入れているようにはまったく見えない。ほかの写真では、もがき苦しむような姿が見られたのだ。そしてこうした写真を精査した結果、彼は同じレストランの音響エンジニア、ジョナサン・ブライリーではないかと推測した。ブライリーは肌の色の薄い黒人で長身、ちょうど同じような服装をしていた。ブライリーは喘息《ぜんそく》もちであったため、煙には耐えられなかったのではないか、と言う遺族もいた。とはいえ、遺体の特定をした近親者でも、写真の男がブライリーであるとまでは断定できなかった。

「落ちる男」の身元はわからないままである。しかし、高層階からジャンプした人々の物語はさまざまな形で人々の心に残り、「落ちる男」の写真はある種の文化的アイコンとなった。

視覚芸術の題材として

このイメージはアーティストたちの想像力を刺激した。

彫刻家のエリック・フィシュルは、9・11の一年前から女性が宙返りをする姿の作品を構想していたが、事件で親友を失い、直接事件を題材にすることにした。ワールドトレードセンターの高層階で選択を迫られた人々の極限状態を、彫刻によって表現しようと考えたのだ。

こうして制作された『宙返りする女』（Eric Fischl, *Tumbling Woman*）は、事件から一年後の二〇〇二年九月、ニューヨーク中心街のロックフェラーセンターに展示されたが、すぐに激しい非難を浴びた。「悲嘆に暮れるニューヨーカーたちを奇襲するような行為であり、そんなことをする権利は彫刻家にはない」といった非難である。

「私はわれわれみなが感じていることを表現しようとしたのですが、彼らは自分たちだけが感じていることについて口出しされたように感じたのです。彼らしかもっていないものを私が奪おうとしている、彼らがなくした人々について私が何か言おうとしている、と」とフィシュルは言う（Tom Junod, "The Falling Man" より）。

フィシュルの作品はすぐに撤去された。事件との関連、遺族への配慮といったことしか問題にされず、芸術作品として純粋に鑑賞されることはなかったのである。

同じことは、まったく同時期、シャロン・パスという画家にも起こった。彼女はニューヨーク市クイーンズ区にあるジャメイカ学術センターの窓に、落ちる人々のシルエットを描いたのだが、人々の反対にあい、撤去を迫られた（Sharon Paz, *Falling*, 2002）。「私の関心は落ちていく瞬間を探究し、あの生と死のあいだの瞬間に、人間的な面をもたらそうということでした」。撤去にあたって、パスはこのような声明を発表した。「メディアはあの事件を記憶に残すにあたって、ビルやナショナリズムばかり使っているように私は感じました。そして、人間的な面をなおざりにしている、と。私の作品はこれに関して別の見方を提示します。人間的な面を見せつけ、人々を厳しい現実に直面させるのです」

最後にパスはこう付け加えている。

「目を閉ざしても、恐怖は消えません」

そのとおりだろう。ホロコーストを題材としたグラフィックノベル『マウス』で知られる漫画家、アート・スピーゲルマン（Art Spiegelman）は、事件から三年後の二〇〇四年、あの事件の恐怖にいまだに取り憑《つ》かれる人物を描いている。グラフィックノベル『消えたタワーの影のなかで』（*In the Shadow of No Towers*）は、『マウス』同様、自分自身が主人公だ。あの日、ロワーマンハッタンに住んでいる彼は、ワールドトレードセンターを背にして、妻とともに北に向かって歩いていた。そのとき一機目の飛行機が激突した。娘が近くの高校に通っていたため、彼と妻は半狂乱になって娘の迎えに行った……。

それ以降、彼は「自分が目撃していないイメージに取り憑かれている」と言う。それは、「人々が下の通りに落ちていくイメージ」であり、「特に優雅なオリンピック選手なみのダイビングをしている一人の男」のイメージだ。これが例の「落ちる男」を指すことは間違いない。そしてスピーゲルマンは、自分がビルの側面を落ちていく分解写真的な絵を描いている。

この作品に対して特別な抗議や批判がなかったのは、もちろん、公共の空間に展示される芸術作品ではなかったことがおもな理由であろう。と同時に、三年間という月日によって、徐々に事件の衝撃が弱まってきた――あるいは、人々が事件の惨《むご》い部分にも目を向ける心の準備ができてきた――ということもあるかもしれない。

この美術と小説の中間のような作品のあと、次第に9・11を直視した文学作品も生まれるようになる。

『ものすごくうるさくて、ありえないほど近い』

9・11を扱った文学作品の代表作として、どの批評家も必ず挙げる二作が、いずれも「落ちる男」を素材にしているというのは偶然ではあるまい。あのイメージがいかに人々の心に取り憑いたか、その証左と言えるはずだ。その二作とは、ジョナサン・サフラン・フォアの『ものすごくうるさくて、ありえないほど近い』(Jonathan Safran Foer, *Extremely Loud and Incredibly Close*, 2005) とドン・デリーロの『墜ちてゆく男』(Don DeLillo, *Falling Man*, 2007) である。

フォアの『ものすごくうるさくて、ありえないほど近い』は、純文学として最初に評価された9・11小説と言ってもいいかもしれない。出版は二〇〇五年。その時点で、9・11を扱った小説はまだ数少なかった。私が二〇〇五年九月八日の『毎日新聞』夕刊に「9・11テロに向き合うアメリカ文学」という文を寄せたとき、中心的に扱ったのもこの作品だった。

フォアは一九七七年にワシントンＤＣで生まれたユダヤ系アメリカ人の作家である。プリンストン大学を卒業後、二〇〇二年の『エブリシング・イズ・イルミネイテッド』(*Everything Is Illuminated*)で作家デビュー。家族のルーツを求めてウクライナを旅する青年の物語だが、作者と同じ名をもつ青年と、案内を引き受けるウクライナの青年の自意識過剰な語りが作品の魅力である。この語りの面白さは、第二作の『ものすごくうるさくて、ありえないほど近い』でも存分に発揮されている。

語り手で主人公のオスカー・シェルは、マンハッタンに住む九歳の少年。想像力豊かな少年で、自らを発明家と称し、注ぎ口がメロディを奏でる薬缶《やかん》とか、口から呑み込んで心臓の音を響かせる小型マイクとか、ユニークな発明品をいつも想像している。彼はどんなことも異常なほど追究しようとし、饒舌《じょうぜつ》に語り続ける。空白のページや数字だけのページ、写真なども雑多に取り込まれる。

しかし、オスカーの奔放な想像力、そして饒舌さは、トラウマの裏返しでもあることに気づかされる。9・11テロ事件のとき、オスカーは学校から早く帰され、父親からの留守電に気づいた。ワールドトレードセンターに閉じ込められ、その様子を伝えてきたのである。そのときまた電話が鳴り、父親からだとわかったが、オスカーは恐ろしくなって電話に出られなかった。父は「誰かいないのか？」と叫んでいた。そのことに罪の意識を抱いているオスカーは、父の死の秘密を知ろうとしてニューヨーク市内を歩き回るのである。

「僕はパパがどうやって死んだかを知らないといけないんだ」

父の留守電のことを祖父に（自分の祖父であることを知らずに）打ち明けたとき、オスカーはこのように言う。「なぜ？」と祖父に問われ、彼はこう答える。

「パパがどう死んだかを発明するのをやめられるから。僕はいつでも発明しているんだ」（原文二五六頁）[*2]。父の死の真相を知らないという苦痛から、彼はさまざまに父の死を想像してしまう。それを「発明」と言っているのである。

続けてオスカーは、インターネットのポルトガル語のサイトで、落ちていく人たちの動画をたくさん見つけたことを告白する。

ポルトガルの動画から画像をプリントアウトして、ものすごく丁寧に見たんだ。そうしたら、パパかもしれない人がいた。パパみたいな服を着ているんで、拡大してみた。終いには画素が大きくなりすぎて、人じゃないみたいになっちゃったけど、ときどき眼鏡が見えるんだ。ていうか、見えるように思う。でも、わかってる。たぶん見えないんだ。パパだったらいいなって思っているだけなんだ。（原文二五七頁）

この「落ちる男」の写真は、作品中にも何度か差し挟まれる。これはライル・オウェルコによる連続写真だ。こうした写真がなぜ、そしていかに人々の心を動揺させるのか。それは、9・11テロ事件の犠牲者たちの死にざまがほとんどの場合不明だということから来る。唯一明らかにされる可能性があるのは飛び降りた人々の場合なのだが、落ちる人々の写真に自分の家族が映っていたとしても、彼または彼女の最後の決断まではわかりようがない。そして、どういう決断をして飛び降りたにしても、家族にとっては辛《つら》い決断となる。フォアの作品は、その謎をめぐる遺族の辛い気持ちを鮮やかに描き出しているのだ。[*3]

普遍性と特殊性

『ものすごくうるさくて、ありえないほど近い』が純文学として評価に値するのは、加害者としてのアメリカに目を向けている点にもある。

オスカーは父親を求めていく過程でさまざまな民族の人々と出会い、そこからアメリカの負の歴史が浮かび上がる。特に重要なのは、ドレスデンの空襲で最愛の女性を失い、アメリカに渡ってきたオスカーの祖父。そのトラウマから祖父は声を失い、アメリカで結婚するものの、幼い息子（オスカーの父）を残して家を出た。また、オスカーは広島への原爆投下について興味を抱き、被害者側の悲惨な体験を授業でレポートする（ほかの子供たちからは囂々《ごうごう》たる非難を浴びる）。こうしたエピソードを通して、９・11テロ事件の被害者が、アメリカの攻撃による被害者とも重ね合わされるのだ。

作者のフォアはＣＮＮのインタビューで、９・11を題材にした小説を書くつもりはなかったと告白している。最初は父親を心臓発作で亡くした子供のことを書くつもりだったが、弟のジョシュアに指摘され、９・11がぴったりの背景であることに気づいた。しかし、９・11はあくまで背景である。

「あの事件は人々にものすごい影響を与えました」とフォアは言う。「それは、恐怖、悲しみ、変化していく世界への不安といった、時代を超えたもののためです。喪失感とかですね。すべての本はこうした時間を超えたもののために書かれるのだと思います」

（Elizabeth Landau, "The Foer questions: Literary wunderkind turns 35"［March 5, 2012］）
（http://edition.cnn.com/2012/03/04/living/jonathan-safran-foer-profile/）

その意味で、これは普遍的な「大惨事による喪失と癒し」の物語である。リチャード・グレイはこの作品を「自分で作り出した一連の二項対立を、伝統的な物語に合わせて解決している」例の一つとして非難している（Richard Gray, *After the Fall*, P.65）。しかし、枠組みは伝統的かもしれないが、父の死と「落ちる男」とを結びつけようとするオスカーの姿は、9・11という背景がなければあり得ない設定だ。愛する者の最期を知り得ない苦しみ、「父かもしれない写真」がインターネット上に出回る異常さ、それを大人のように割り切れないジレンマ……。そしてオスカーの探究を通し、さらにそれを助ける祖父の過去の物語を通し、愛する者を失う悲痛さを読者はまざまざと感じ取る。

『ものすごくうるさくて、ありえないほど近い』が与えるインパクトの大きさは、9・11テロ事件の規模の大きさと特殊性を生かしたところからきている。とすれば、文学作品としての目的を十二分に果たしていると言えるだろう。

ドン・デリーロ

続いて「落ちる男」を重要モチーフとした作品を生んだのはドン・デリーロである。デリーロは一九三六年にニューヨークで生まれ、七〇年代にデビューした作家。一部でその前衛的な作風が評価されながらも、一九八四年の『ホワイト・ノイズ』（*White Noise*）までは一般にあまり知られていなかった。それが『ホワイト・ノイズ』の全米図書賞受賞、続いてケネディ暗殺を扱った『リブラ』（*Libra*, 1988）がベストセラーになって、アメリカの代表的な作家として評価されるようになった。

マスメディアが流すイメージがいかに人の心を支配するか、テロリストの暴力がいかに小説家の力を奪ってしまったか、そして、そんな現代において小説家に何ができるのか。これらがデリーロの一貫した関心事であった。メディアの影響力を中心に取り上げたのが『ホワイト・ノイズ』であり、暴力と陰謀とメディアの発するイメージのからみを描いたのが『リブラ』であると言える。そしてテロリストについては、『プレイヤーズ』（*Players*, 1977）、『マオⅡ』（*Mao II*, 1991）などの作品でも扱ってきている。

そんなデリーロだけに、9・11テロ事件をどう扱うかと期待されたが、事件発生からわずか二か月後に「崩れ落ちた未来にて」("In the Ruin of the Future")というエッセイを『ハーパーズ』誌に発表した。このなかでデリーロは、テロ事件の数日後に現場を訪れたときのことを淡々と描写しながら、一方でアメリカがなぜ憎まれるかも考察する。ワールドトレードセンターのタワーは「最新テクノロジーの象徴であるだけでなく、その正当化」でもあり、ゆえにテクノロジーを憎む者たちの標的となる。そして彼らは飛行機というもう一つのテクノロジーの産物を有人ミサイルとして使ったのだ。

このエッセイで何よりも印象的なのは、最後を締めくくる部分、事件の一か月前に現場付近を訪れたときの回想であろう。カナル通りを散歩したとき、彼はいつものように雑多な人々を見る。縁石に座り鍼《はり》マッサージをする男、歩道を自転車で突っ走るレゲエ頭の少年。彼は「これこそがカナル通りのスピリット、何十年も変わらない混雑と喧騒《けんそう》」と称える。

そのとき彼はイスラム教徒の女性を見かける。彼女はメッカの方向に向かって祈りを捧げているのだが、その姿はまったく違和感なく周囲に溶け込んでいる。ニューヨークの多様さには当然ながらイスラム教徒も含まれる。これだけの多様性を受け入れてきた度量、そして多様性が生んできた活気。それを思い出させてデリーロはエッセイを閉じる。*4

『墜ちてゆく男』

その六年後、ドン・デリーロは9・11テロ事件をまさに中心主題とする長編小説を発表した。その名も『墜ちてゆく男』(*Falling Man*)。もちろん、タワーから飛び降りた人(またはその写真)を表わしている。

この小説は次のような文章で始まる。

もはや街路ではなかった。世界だ。落ちてくる灰で夜のように暗くなった時空間の世界。彼は瓦礫と泥の中を北に向かって歩いていた。タオルで顔を押さえたり、ジャケットを頭にかぶったりした人々が、走って彼を追い越して行った。(上岡訳、七頁)

ここで「彼」というのはワールドトレードセンターで働くトレーダー、キース・ニューデッカー。9・11テロ事件のときタワー内にいた彼は、親友の死を目の当たりにし、自身も全身にガラスの破片を浴びながら、他人のブリーフケースを摑《つか》んで逃げる。冒頭は、彼が命からがら街路に降りてきたところであり、その地獄のような光景を描くデリーロの筆力は凄《すさ》まじい。

続いてキースは、タワーから落ちていく人々を目撃する。

これもまた世界だった——千フィート頭上の窓に見える人影が何もない空間に落ちていく。そして燃料の燃える匂い、空気を絶え間なく引き裂くサイレンの音。人々が走るところどこにでも騒音があった。層を成して周囲に積み重なる音。そして彼はその音から逃げていくと同時に、音に向かって突進していた。（上岡訳、八頁）

やがて彼は二度目の倒壊音を耳にする。北タワーが崩れ落ちている音だ。それを聞いて、彼はこう感じる。「彼（※キース）なのだ、北棟とともに崩れ落ちているのは」（上岡訳、一〇頁）

何より読者が圧倒されるのは、この9・11当日の描写だろう。映像でさんざん見せられ、新聞でも数限りなく読んできた光景かもしれない。しかし、ここで読者はキースという当事者の意識に入り込む。馴染《なじ》んでいたはずの空間がすっかり変わってしまい、雑多な轟音《ごうおん》や匂いに取り囲まれ、まともに考えることのできない彼の意識。彼はただとぼとぼと歩き続ける。

キースは別居していた妻リアンのもとに舞い戻る。二人はまた一緒に生活を始めるが、元通りになることはない。彼の心には何かが欠落している。「墜ちてゆく男」とは彼自身のことでもあるのだ。

パフォーマンス・アーティスト「落ちる男」

この小説でも「落ちる男」の写真が重要なモチーフとなっている。「落ちる男」として知られるパフォーマンス・アーティストが現われ、人目につく場所を選び、建造物から逆さまにぶら下がるのだ。

ひとりの男がそこに宙吊りになっていた。道路の上に、逆さまに。その男はビジネススーツを着て、片方の脚を曲げ、両腕を脇腹にぴったりつけている。安全ベルトがかすかに見えた。真っ直ぐに伸ばした脚の先から現われ、高架橋の装飾つきの手すりに固定してある。

（上岡訳、四四頁）

正装している点が大きな違いとはいえ、その姿勢はリチャード・ドルーの写真のままである。このパフォーマンス・アーティストはドルーの写真を再現し、「あの瞬間」を蘇《よみがえ》らせようとしている――「燃え上がるタワーから人々が飛び降りた、あるいは飛び降りざるをえなかった瞬間」（上岡訳、四四頁）を。それによって、人々の辛い記憶を挑発的に喚起しているのだ。

どうしてこのような登場人物を作り出したのか？　私は二〇一三年三月、デリーロにインタビューする機会を得、ニューヨークのアップタウンのオフィスに彼を訪ねた。彼は「『墜ちてゆく男』は私にとって大昔の作品だから」と言いながらも、親切にこちらの質問に答えてくれた。パフォーマンス・アーティストの「落ちる男」については、次のような答えが返ってきた。

「何らかのパフォーマンスがあの出来事との関連で現われるだろうとは強く感じていました。だからこういう人物を思いついたのです。どこからそのアイデアが来たかはわかりませんけどね」

実は、このようなパフォーマンス・アーティストは現実にいたのだとデリーロは続けた。彼の記憶によればシカゴで、建造物からぶら下がるパフォーマンスをし、激しい非難を浴びた者がいた。それを知ったとき、デリーロはすでに『墜ちてゆく男』を執筆中で、パフォーマンス・アーティストも構想していた。自分が紙のページに書いていることを三次元で実演する者が現われたので、あまり嬉《うれ》しくはなかったが、これは自分の小説にとって重要な要素であると考え、書き続けることにした。

「私は人々がこのように衝撃的な出来事に参加する必要性を表現したかったのです。結局のところ、劇を書く人がいて、本を書く人がいて、絵を描く人がいて、彫刻を制作する人がいます」――ここでデリーロはエリック・フィシュルの『宙返りする女』が展示され撤去された顛末《てんまつ》に触れた――「当局がそれを撤去したのは、あまりにパワフルで、記憶を喚起しすぎるといった理由です。私はまさに、あの人物にこういう要素を提示させたかったのです。人々を真に動揺させるような、一種の破壊的な要素ですね」

「落ちる男」のイメージは、いわば人々が目を背けたいものの象徴だ。直視したくないのに、心の底に残っている記憶。文学はそういうものを白日の下にさらけ出す。事件の本質、いや、人間の本質を探究するために、それはどうしても必要な行為なのだ。デリーロの文学への強い思いがここから伝わってくる。

テロの記憶

テロの「記憶」、抑圧したい記憶と向き合うことは、『墜ちてゆく男』で中心的なテーマとなっている。

ワールドトレードセンターからブリーフケースを摑んで逃げたキースは、ブリーフケースを持ち主の女性フローレンスに返しに行き、テロ事件の記憶を語り合う。

彼女はそのときのことをゆっくりと話していった。話しながら思い出し、しばしば言葉を止めて、空間をじっと見つめた。そのときの様子を眼前に蘇らせるために――崩壊した天井、瓦礫に埋もれた階段、煙、そして落ちた壁、化粧ボード。彼女は間を置いて言葉を探し、彼は待っていた、見つめながら。（上岡訳、七三〜七四頁）

やがて二人は不倫関係に陥る。妻リアンとはどうしてもうまくいかないキースがフローレンスとこういう関係になるのは、言うまでもなく、人に言えないような記憶を共有し合っているからであろう。

一方、リアンは老人たちの認知症の進行を食い止めるためのセッションで、老人たちにテロ事件のときの記憶を語らせる。彼らは身近な記憶を紡ぎながら、「どうして神はこんなことが起こるのを許したのだろう？　あれが起きたとき神はどこにいたのだろう？」といった大きな問題も語り合う。リアン自身、老人たちに促されて、死んだと思っていたキースが現われたときの記憶を語り始める。

一方、キースとリアンの息子ジャスティンと友人の子供たちのなかには、タワーに激突した飛行機を目撃したと信じ、次のハイジャック機を見張っている子がいる。タワーは倒壊しなかったと主張する子、ビン・ラディンのことをビル・ロートンと、わかりやすい名で覚えている子もいる。テロの記憶はさまざまな形で彼らの心に取り憑いているのだ。なぜこのようにさまざまな記憶を喚起するのか？　それについて述べている都甲幸治の次の言葉は示唆に富んでいる。

デリーロが対抗したのはまさに、「テロとの戦争」というナショナリスティックな叫びの中にすべてを封じこめ、それ以外の物語を排除するという、いわば強制された忘却だった。（中略）忘却に対抗するというこうした身振りは絶望的なものかもしれない。だが、アメリカ国家とテロリストたち双方に共通する「大きな物語」へすべてを還元するという暴力に対抗するには、取るに足りない個人の持つ細かなエピソードの一つひとつを、徹底して擁護するしかないではないか。

（『偽アメリカ文学の誕生』二三〇頁）

そう、「取るに足りない個人の持つ細かなエピソード」こそが重要なのだ。戦争に巻き込まれた個人を考えてみるといい。国家はそれをひとまとめにして、数で片づけるかもしれない。しかし、個々人が苦しんだ姿から目を逸《そ》らせてはいけない。彼らの声に耳を塞《ふさ》いではならない。文学とはそれらを拾い上げ、読者の心に届かせるものであるはずだ。

ビルのなかに入る

デリーロがこの小説を構想したのは、９・11テロに巻き込まれ、ブリーフケースを持って歩く男の写真を見てからだという。ふと「あのブリーフケースは彼のではないのではないか？　では、誰のだろう？」という疑問が浮かび、それに答えるために小説を書き始めた。そして、こう考えたという。

「９・11がどこか外で起きる小説は書きたくない。私はビルのなかに入り、ハイジャックされた飛行機のなかに入っていこうと決心しました。それは、まだたくさんの作家がやったことではないと思ったのです」

最終章の「ハドソン回廊《コリダー》」で、デリーロは飛行機をハイジャックしたテロリストの意識を追う。テロリストたちの内面にも目を向けた点が、この小説のもう一つの重要な点であろう。それについては、次章で改めて扱いたい。ともかく、飛行機はタワーに突っ込み、その瞬間、タワーにいたキースの意識へと転換する。物語は冒頭の場面に戻り、キースはブリーフケースを摑んで逃げ、タワーが崩れていくのを目撃する。


すべてが崩れ落ちていた——彼のまわりじゅうで——道路標識が、人々が、そして彼が名前も知らないようなものが。

そのとき、空からシャツが落ちて来た。彼は歩きながらそれを見た。シャツは腕を懸命に振りながら落ちて来た。

（上岡訳、三三〇頁）


これが『墜ちてゆく男』の結びである。加害者から被害者への意識の転換、そして混沌とした現場の再度の描写。腕を懸命に振るようにして空から落ちてくるシャツ。デリーロの筆力を、そして文学の力を、改めて感じさせないだろうか。

この時代に文学はどのような力をもち得るのか？　それについてデリーロは次のように答えてくれた。

「文学はジャーナリズムや伝記、歴史などにはできない形で個人を探究できます。登場人物の生活や心の深い部分に入っていけますし、人物の日常の習慣や内面の考えにも、文字どおり夢のなかにも入っていけます。ほかの分野ではできない形で個人の内面の生活を探究できるのです。（特に9・11との関連では）私はそれについて書く責任を感じました。そして、犯人であれ犠牲者であれ、何らかの形であの事件に関わった人たちを理解する責任を感じたのです」

アーティストたちも、小説家たちも、それぞれの形で「あの事件に関わった人たちを理解」しようとし、それを表現しようとした。そのとき一つの拠《よ》り所となったのが、「落ちる男」のイメージだったのだ。辛い記憶を敢えて喚起するイメージ。思わず目を背けたくなるが、さまざまな想像を呼び起こさずにいられないイメージ。それこそが事件の感情的な核心を伝えていた、あるいは象徴していたのである。

＊1　「落ちる男」の写真をめぐる物語は、*Esquire* 誌二〇〇三年九月号のトム・ジュノーによる記

事（Tom Junod, "The Falling Man"）と、それをもとにしたドキュメンタリー『フォーリング・マン　9・11　その時　彼らは何を見たか？』に基づいている。

＊2　本書全体について、文学作品からの引用は、既訳がある場合は参考にしているが、基本的に筆者による訳である。

＊3　この部分の議論は、Laura Frost, "Still Life: 9/11's Falling Bodies" を参考にしている。

＊4　拙著『ニューヨークを読む』の第9章「九・一一以降」の一部を使用している。

本章で扱った文学作品

DeLillo, Don. *Falling Man*. New York: Scribner, 2007.（ドン・デリーロ『墜ちてゆく男』上岡伸雄訳、新潮社、二〇〇九年）

Foer, Jonathan Safran. *Extremely Loud and Incredibly Close*. Boston: Houghton Mifflin, 2005.（ジョナサン・サフラン・フォア『ものすごくうるさくて、ありえないほど近い』近藤隆文訳、ＮＨＫ出版、二〇一一年）

Spiegelman, Art. *In the Shadow of No Towers*. New York: Pantheon Books, 2004.（アート・スピーゲルマン『消えたタワーの影のなかで』小野耕世訳、岩波書店、二〇〇五年）

Waldman, Amy. *The Submission*. New York: Farrar, Straus and Giroux, 2011.（エイミー・ウォルドマン『サブミッション』上岡伸雄訳、岩波書店、二〇一三年）

その他参考資料

DeLillo, Don. "In the Ruin of the Future." *Harper's Magazine*, December 2001.（ドン・デリーロ「崩れ落ちた未来にて」上岡伸雄訳、『新潮』二〇〇二年一月号）

Frost, Laura. "Still Life: 9/11's Falling Bodies." *Literature After 9/11*. eds. Ann Keniston and Jeanne Follansbee Quinn, New York: Routeledge, 2008.

Gray, Richard. *After the Fall: American Literature Since 9/11*. West Sussex: Wiley-Blackwell, 2011.

Junod, Tom. "The Falling Man." *Esquire* 1 Sept. 2003.

Owerko, Lyle. *And No Birds Sang*. New York: Wonderlust Industries, 2002.

上岡伸雄『ニューヨークを読む　作家たちと歩く歴史と文化』中公新書、二〇〇四年

上岡伸雄「9・11テロに向き合うアメリカ文学」『毎日新聞（夕刊）』（二〇〇五年九月八日）

シンガー、ヘンリー『フォーリング・マン　9・11　その時　彼らは何を見たか?』（DVD）、イギリス Channel 4 製作、日本語版販売元エスピーオー、二〇〇六年

都甲幸治『偽アメリカ文学の誕生』水声社、二〇〇九年

第二章　想像不能な人間たちを想像する——テロリストをめぐる物語たち

どのような物的証拠、文書による証拠、分析による証拠も、次の事実に関して説得力のある説明はできていない。それは、なぜモハメド・アタとアブドルアジズ・アルオマリが九月十日の朝、ボストンからメイン州ポートランドに車で移動し、九月十一日の朝、五九三〇便でボストン国際空港に戻ったか、である。

（『9／11委員会レポート』［*The 9/11 Commission Report*, p.451］より）

テロ事件の前日、主犯のモハメド・アタは、わざわざボストンからメイン州ポートランドに移動し、そこで一泊した。そして当日、ポートランドから飛行機に乗り、ボストンで乗り換える形で、ワールドトレードセンターに突っ込むアメリカン航空一一便に搭乗した。乗り換えの際、アタの荷物の積み込みが遅れ、ボストンに残されたために、犯行指示書や遺書など、貴重な証拠が残ることになった。

それにしても、アタはなぜこんな行動をとったのだろうか？　万が一ポートランド発の便が遅れたら、全体の計画が失敗してしまう。それなのになぜ？　9・11テロ事件のオフィシャルな委員会レポートでもこれは謎とされている。

「モハメド・アタの最後の日々」

その謎に取り組んだのが、イギリスの作家マーティン・エイミスの短編小説「モハメド・アタの最後の日々」(Martin Amis, "The Last Days of Muhammad Atta") である。エイミスは一九四九年生まれのイギリスの作家で、西洋文明を戯画的に風刺する作風で知られている。「モハメド・アタの最後の日々」は『ニューヨーカー』誌に二〇〇六年四月に発表され、9・11をめぐる短編とエッセイを集めた『二機目の航空機』(*The Second Plane,* 2008) に収録された。

モハメド・アタ
写真提供　ユニフォトプレス

エイミスは『9/11委員会レポート』からの抜粋を冒頭に掲げた上で、アタが九月十一日の朝、ポートランドの質素なホテルで目覚めるところから小説を始める。部屋には重たい掛け布団、大きな立方体のテレビ、凹んだ冷蔵庫などがある。その冷蔵庫のなかに入っているものが、彼がポートランドまで来た理由であるという。しかし、それが何かをすぐには明かさずに、その日のアタの行動を追っていく。

アタは目覚めてから、儀式的に支度をこなしていく。浴室に入り、石鹸《せっけん》についている毛を几帳面《きちょうめん》に取り除いてから、シャワーを浴びる。浴槽から出ようとして滑ってしまい、尾骨をしたたか打つ。それから便器に座るが、実のところ彼は五月以来排便していない。彼の「腹部があったところには、妊娠四か月のような重々しい膨らみがある」とされる（原文九七頁）。

四か月も便秘というあり得ない設定。それによってエイミスは、アタの非人間性を際立たせている。エイミスの描くアタは、人間的な営みをすべて嫌悪し、拒否しようとする人間だ。たとえば、彼は決して笑わない。ほかの実行犯は、「パレスチナで人が死んでいるのに笑えない」と言うが、アタが笑わない理由はそれではない。おかしいものなど何もないからだ。

アタが頻繁に吐き気を催すのも、その嫌悪感の現われであろう。吐き気とともに胃酸が喉《のど》までせり上がり、彼の息は汚染された川のように臭い。顔からは敵意が溢《あふ》れており、しかもそれが日々エスカレートしているので、もう一日あとだったら彼は搭乗を許されなかっただろうという。しばしば頭痛を感じるのも、激しい嫌悪感のためと思われる。

続いてエイミスは、アタの残した遺書や犯行指示書の内容を紹介する。これはアタの荷物から回収されたもののとおりだ。[*1] ここでも西洋人の常識ではよくわからないところがあり、アタの不可解性は強まる。

たとえば、遺書には「私の葬式のあいだ、みなは静かにしていてもらいたい」という指示がある。神が葬式のときの静けさを好むというのが理由だが、ほかに神が静けさを好むのは『コーラン』を読むときと、「あなたが這《は》っているとき」だという。「這っている(crawling)」とはスペルミスだろうか、とエイミスは問いかける。「私の体の生殖器付近を洗う者は手袋をし、私の性器に触れないようにしなければならない」という指示もある。自爆するのになぜそんな指示が必要なのか?　エイミスによって描かれるアタは、描き込まれるほどに不可解さを増していく。

さらに、この短編のアタは神を信じない男である。神は何世紀も信じる者たちを裏切ってきて、だから今イスラム教徒たちは苦しい状態にある。そんな神は信じるに値しない。そうアタは考えているのだ。したがって、殉教すれば楽園で七十二人の処女が待っているという神話も、彼は信じていない。

では、彼は何を信じているのか？　それは、「死」であるとされる。聖戦《ジハード》を求めるのは「核心となる理由」のためだが、それはつまり人を殺すこと。「戦争のサイクル」を作り出し、できるだけたくさん殺すことなのである。彼は自分の欲望を一切排除し、感情はまったく動かさず、その目標へと向かう。イスラム教の原理主義を信仰しているように見せているのは、「信仰に関するくだらないことを取り除けば、イスラム原理主義は、その残忍な正確さのために、彼の性格に合っていた」（原文一〇一頁）からである。

したがって、彼は愛や情熱をもって聖戦《ジハード》に向かう者を内心軽蔑《けいべつ》している。ユナイテッド航空九三便に乗ったジアドがそのタイプだ。ベイルート生まれの遊び人で、ハンブルク時代にトルコ系ドイツ人女性の恋人ができ、内縁関係になっている。女性に対するような愛を神にも抱き、聖戦《ジハード》を信じているというのは、アタの最も嫌うタイプだ。エイミスの描くアタはジアドに対して激しい嫌悪を感じており、ポートランドに向かったのも、実はそこに理由があったとしている（ユナイテッド航空九三便は自爆に失敗した飛行機であり、失敗の原因はジアドの指導力のなさにあったと言われている）。

前日の九月十日、ポートランドでアタは、末期患者の病棟で伏している導師《イマーム》を訪ねていた。彼から聖水をもらうためであり、それがわざわざポートランドに行った理由だったのだ。この聖水は、彼らが自殺する罪を浄《きよ》めてくれるとされているが、実際にはヴォルヴィックの水にすぎない。アタはその無意味さを知っていながら、このことをジアドに伝え、動揺させたいと考えて、水を受け取りに行ったのである。

九月十一日、ポートランドからボストン国際空港に着いたアタは、ニューアーク空港にいるジアドに電話をかけ、導師からもらった水について次のように言う。「この水は体に入り、神に代わっておまえを保護するんだ。新しいテクニックだな。パレスチナで始まった。おまえの地獄はさ、ジアド、ジェット機の燃料で永遠に燃え続ける。永遠ってことは、決して終わらない――始まりさえしない。だから、光輝く花嫁たちを得るのはかなり遅れるかもしれないな」（原文一一六頁）。アタはこのようなことをジアドに言って、電話を切る。そして「聖なるヴォルヴィック」を飲む。

こうしてアタは、仲間とともにアメリカン航空一一便に搭乗。ハイジャックに成功して、少年時代以来初めて笑う……。

イスラミズム恐怖症

アタがポートランド空港からボストン空港に飛んだ理由については、いまだに明らかにされていない。ポートランド空港のほうがセキュリティのチェックが厳しくないと考えたのではないかという説、ボストン空港周辺の交通渋滞を恐れたのではないかといった説はあるが、どちらも理由としては弱いように思われる。また、アタがポートランドで誰かと会ったという証拠もない。

では、なぜエイミスはこのようなテロリスト像を作り出したのか？　『二機目の航空機』のエッセイを読んでいくと、エイミスの想像するテロリスト像が見えてくる。

まず冒頭の「著者の注記」で、エイミスは「イスラム教恐怖症」と言われることがあるが、そうではないと断わる。むしろ自分は「イスラミズム恐怖症」だ。いや、「反イスラミズム」と言ったほうがいい。「なぜなら、恐怖症とは非合理的な恐怖であり、おまえを殺したいと言う者を恐れるのは理に適《かな》わないことではないから」である。

「イスラミズム」とは、イスラム国家やイスラム社会の建設を目指す政治的イデオロギーであり、イスラム原理主義と訳されることもある。このようにエイミスはイスラム教とイスラミズムとを区別し、原理主義者に対して激しい恐怖を感じていることを告白する。イスラム教の攻撃的な指導者たちは女性嫌いであり、理性を嫌う者たちでもある。そして、イスラム教世界での女性に対する暴力の例を挙げ、女性に権利を与えていないことを糾弾する。

とはいえ、エイミスが穏健なイスラム教徒を尊重しているようにも思えてこない。というのも、彼は宗教全般に対して嫌悪を感じているのだ。

エイミスは十二歳ですでに無神論者であったと言う。「宗教的な信仰とは理性を伴っておらず、威厳すらない。信仰の記録はほぼ普遍的に恐ろしいものである。（中略）もし神が存在していたら、そして神が人類のことを気にかけていたなら、彼は決してわれわれに宗教を与えなかったであろう」(原文一四頁)。さらに彼は、「イスラム教は〝服従〟を意味し、それは独立した精神の放棄である」(原文七九頁)と言う。

そのような立場からテロリストたちを見たとき、彼らに感情移入できないのは言うまでもない。エイミスの描くアタが人間全般に激しい憎悪を感じているのと同様、エイミスはテロリストたちに激しい憎悪を感じている。その憎悪を露わにして、テロリスト像を造形しているのである。

しかし、アタをあのように単なる殺人鬼として描くとなると、それはあまりに特殊な例となる。読者の心に恐怖を呼び起こしたとしても、風刺としての力はもち得ない。百歩譲ってアタがあのような人物であったとしても、ほかのテロリストたちにはそれぞれに理由があって、テロに加わったはずだ。何かしら政治的、社会的な理由があって、アメリカをあそこまで嫌悪したはずだ。それがまったく追究されないのである。

この作品は、予想どおりというべきか、各方面から非難を浴びた。批評界の大物、テリー・イーグルトンはエイミスが「反イスラム的な立場を主唱している」と非難し、『ニューヨークタイムズ』紙はこの作品を「馬鹿《ばか》げている」とさえ称した。それに対しエイミスは、ＣＢＳニュースのインタビューで「自分は専門家ではない、ただの在野の小説家だ」と反論する。

「私はこれ（９・11テロ事件）に対し、風刺にかなり傾く形で反応できると感じたのです。言説って、こうしたことに順応できないほど、限られたものでしょうか?」（Andre Mayer, "The Mouth That Roars: British Author Martin Amis Defends His New Book on 9/11" (http://www.martinamisweb.com/interviews_files/mayer_mouthroars.pdf)

ジョン・アップダイク

「ウサギ四部作」で特に知られるジョン・アップダイク、アメリカ現代文学の大御所とも言える文豪も、短編小説でモハメド・アタを描いている。「さまざまな宗教体験」（John Updike, "Varieties of Religious Experience"）という作品だ。この短編は『アトランティック・マンスリー』誌に二〇〇二年十一月に発表され、二〇〇九年にまとめられた短編集『父の涙』（*My Father's Tears and Other Stories*）に収められている。

「神はいない。ワールドトレードセンターの南タワーが倒壊するのを見た瞬間、この啓示がダン・ケロッグに訪れた」(原文八二頁)

これが「さまざまな宗教体験」の冒頭である。ケロッグはオハイオ州シンシナティに住む六十四歳の男。弁護士で、キリスト教エピスコパリアン派の熱心な信者だ。その彼がブルックリンに住む娘を訪ねていたとき、9・11テロ事件が起こる。娘のアパートの屋上に上り、彼はワールドトレードセンターの倒壊を目撃。それによって信仰心が揺らいでしまうのである。

アップダイク自身が事件直後、『ニューヨーカー』誌に寄せたエッセイによれば、彼はブルックリンハイツのアパートの屋上からタワーの倒壊を目撃していたという。最初、燃え上がるワールドトレードセンターを妻と見ているとき、それはテレビの映像のように、現実ではないように感じられた。タワーが象徴するテクノクラシーなら、あの火を消し、ダメージを取り消せるのではないか、と。ところがそれから一時間もしないうちに、南タワーが倒壊した。

それはエレベーターのように真っ直ぐ下に落ちた。金属音を伴う震動、激しい衝撃の唸り声が、一マイルの空間を超えてはっきりと聞こえてきた。私たちはこの瞬間、何千人もの死を目撃したのだとわかった。自分たちが落ちているかのように、私たちは互いにしがみついた。

（*The New Yorker* [September 24, 2001], p.28）

ケロッグの体験は、明らかにこのアップダイク自身のものに基づいている。この短編は、ケロッグのほか、三人の主要な登場人物の体験を扱う。ケロッグに続いて扱われるのがモハメド・アタ。さらに、ワールドトレードセンターの高層階で事件に遭遇したトレーダー、ジム・フィンチ。ペンシルヴェニア州で墜落したユナイテッド航空九三便に搭乗していた老女、キャロリンと続く。

フィンチは下の階に衝撃を感じてから、次第に熱と煙を感じるようになる。そこでハドソン川対岸のニュージャージー州にいる妻に電話をかけ、様子を知っていく。キャロリンは九三便の離陸後しばらくして、操縦室あたりの騒ぎに気づく。隣に座っていた若い男たちはハイジャック犯たちに対して決起することにし、雄たけびを上げて戦いに向かう。どちらも「あの日」を再現したドラマだが、ケロッグ以外の物語は特に「宗教体験」と言えるものを扱ってはいない。

アタの物語は事件の数日前、フロリダのストリップクラブにいるアタと仲間のザイード（架空の人物と思われる）を追う。フロリダとは、彼らが飛行訓練を受けていた場所だ。アタはこの物語の冒頭で、四杯目のお代わりとなるスコッチのオンザロックを注文する。

敬虔《けいけん》なイスラム教徒であったはずの彼らがなぜストリップクラブで酒を飲んでいるのか？　それは、アメリカに溶け込むためである。アメリカは彼らにとって「驚くほどの法の緩さによって歪《ゆが》められた不潔な社会」であるが、酒に酔うことはそこに溶け込む確かな手段として教え込まれている。ここで働く女性たちもアタにとっては不浄なものだ。アタは彼女らを頻繁に slut、あるいは whore などと呼び、内心蔑《さげす》んでいる。

アタと一緒にいるザイードはまだ年若く、アメリカに来て日が浅いので、こうしたものに慣れていない。酒を飲むアタを心配そうに眺め、やがて気持ちが悪くなってトイレに駆け込む。彼はまだ「モハメドのような不浸透性の甲羅を発達させていない」のだ。

このアタ像は、エイミスが提示したものより納得しやすいのではないか。信仰心を維持し、アメリカの文化を不浄なものとして嫌悪しながらも、目立たないように演技している姿。彼はカイロ近郊に住む両親や妹たちも、西洋の文明に毒されていると考えている。彼が聖戦《ジハード》に身を捧げるのも、妹たちが売女《ばいた》にならないようにするためであり、両親が子供にいかなる悪を及ぼしているか気づいていないからである。

とはいえ、この小説もテロリストの心情に深く入り込んだとは言えない。アタ以外のテロリストたちの動機に踏み込むことはなく、彼らの人物像はぼんやりとしたままなのだ。したがって、彼らが不可解な他者であることに変わりがないように思われる。

『テロリスト』

アップダイクにはその名も『テロリスト』（*Terrorist*）という長編小説がある。二〇〇六年に出版された作品で、長編としては最後のものだ。9・11のテロリストを扱うのではなく、アメリカにいる若者がテロリストになっていく過程を描いている。

主人公はニューヨーク近郊に住む十八歳のアーマッド。時代は9・11テロから三、四年後であろう。アーマッドはアイリッシュ系の母と、エジプト人の父のもとに生まれたが、父は彼が三歳のときにアメリカを去った。アーマッドは地元の学校に馴染めず、モスクに通って熱心なイスラム教徒となり、過激な思想をもつイエメン人の師のもとで学んでいる。アメリカの消費文化を悪と捉《とら》え、イスラム教の信仰をもたぬ者たちへの敵意を抱いている。

異教徒らめ。彼らは安全というものがこの世の物質の蓄積と、テレビという堕落した娯楽にあると考えている。彼らはイメージの奴隷なのだ。幸福と豊かさの偽りのイメージ。

（原文四頁）

高校卒業後、アーマッドは大学に進学できるだけの学力がありながら、師の勧めでトラック運転手になる。そして、レバノン人のチャーリーが経営する家具店に勤めて、家具の配達をする。ところが、チャーリーから自爆テロをもちかけられる。爆弾を積んで、ラッシュアワー時のリンカーン・トンネルで爆発させるというものだ。アーマッドは師の勧めもあって同意する……。

アップダイク自身はこの小説を書いた動機について、『ニューヨークタイムズ』紙二〇〇六年五月三十一日のインタビューで次のように言う。

「私はイスラム教の信者がわれわれのシステムに抱く敵意や憎悪を理解できるのではないかと感じたのです。誰も彼らの視点からそれを見ようとしていませんから。いくつかの形で批判に身を晒《さら》すようなことをしましたが、たぶん作家とはそういうことをするために存在しているのです」(Charles McGrath, "An Interview with John Updike" (http://www.nytimes.com/2006/05/31/books/31updi.html?pagewanted=all&_r=0)

この小説をアンナ・ハートネルは「9・11後のイスラム世界とアメリカとの関係の複雑さに直面し」、〃他者〃の観点から見ようとしていることを評価する(Anna Hartnell, "Violence and the Faithful in Post-9/11America")。とはいえ、大方の書評はこの小説に対して批判的だ。ジェイムズ・ウッド(James Wood)は *New Republic* 誌二〇〇六年七月三日号の書評で「イスラムに関して西洋人にとって異質であったものは、結局アップダイクにとっても異質であり続ける」と言う(http://www.newrepublic.com/article/books-and-arts/jihad-and-the-novel)。リチャード・グレイは、「アーマッドは読者にとってもアウトサイダーであり続ける」と述べている(Richard Gray, "Open Doors, Closed Minds")。

私自身も、かつて『世界』誌に次のように書いた。

　この小説を読んで感じる問題は、一言で言えばアーマッドにまったく感情移入できないことにある。外部からの視点でしか描けないのに、それが「真の姿」として提示されるため、かえって「理解しがたい他者」としてしか見えてこないのだ。その結果、アラブ人＝テロリストというステレオタイプを強化することにしかなっていないように思われる。

（「九・一一後、アメリカ文学は何を語りうるか」）

　ここで感じざるを得ないのは、やはり「他者」を描く難しさだ。人物造形が十分でなければ、「他者」は結局不可解な存在として現われてしまう。「他者」がテロリストの場合、十分な理由もなく暴力に向かう人間としてしか見えてこないのだ。もっと目を向けるべきは、彼らがなぜ暴力に向かったのか、その背景ではないだろうか。ヨーロッパ列強による長年の植民地支配、欧米諸国の石油利権争い、イスラム教徒たちに対する差別や偏見……こうしたものの心的影響こそ、文学が目を向けるべき要素であるはずだ。

デリーロの描くテロリスト

白人作家が描いたアラブ人のテロリスト像を考えるとき、もう一人重要なのがドン・デリーロである。第一章で取り上げた彼の『墜ちてゆく男』は、そのサブプロットとして、9・11事件のテロリストたちの軌跡を追っていく。メインプロットの合間に、テロリストたちのハンブルク時代、フロリダで飛行訓練を受けていた時期、そしてテロ当日のスケッチを差し挟むのだ。

中心人物は架空のハマドという平凡な男（中東出身であろうが、どこかははっきりしない）。彼はハンブルクで建築の勉強をしているとき、モスクでイスラム原理主義者たちと知り合う。そのグループの中心人物がアミルという男だ。フルネームはモハメド・モハメド・エル＝アミル・エル＝サイェド・アタ。モハメド・アタの本名である。アミル、つまりアタはカリスマ的な力でハマドを引き込んでいく。

アミルは彼を見つめた。彼の卑しい部分まで見通していた。ハマドは何を言われるかわかっていた。おまえは食べてばかりいる、いつでも食べ物を口に運んでいて、お祈りに向かうのが遅い。もっとあった。恥知らずな女と付き合っている、あの女の体にのしかかっている。ほかの連中と、おまえはいったいどこが違うのだ？　我々の世界の外の連中と？

（上岡訳、一一〇〜一一一頁）

ハマドには当時、恋人がいた。彼女と結婚し、子供をもつことを考えもした。また、テロという手段に完全に納得していたわけではなかった。しかし、次第にアミルの言葉が真実であると感じるようになり、彼らのグループに深く関わっていく。それは、アミルたちによって、聖戦《ジハード》という目標が与えられたからだ。彼らと行動を共にすることが、アイデンティティの証《あかし》のように感じられてくるのである。

顎鬚は刈り込んだ方が見た目がよい。しかし、今では掟があり、彼はそれに従う決意だった。彼の人生には体系と言えるものがあり、物事がはっきりと区分けされていた。自分は彼らの一員になりつつある。彼らのような外見と、彼らのような思考回路を身につけつつある。これは聖戦《ジハード》と切り離せない。彼は、彼らとともにいるために、彼らとともに祈った。本当の兄弟になりつつあった。（上岡訳、一一一～一一二頁）

フロリダの章では、彼はすでにアフガニスタンでの訓練を終え、筋金入りの聖戦《ジハード》戦士となっている。顎鬚《あごひげ》は剃り落とし、アメリカ人たちのなかに溶け込もうとしているが、「断固とした決意をもって待機」している。「運命」の訴えに応じ、「最高の聖戦《ジハード》」に向かおうとしているのだ。

もっとも、ハマドはまだ疑問を払拭し切れたわけではない。自分が自爆するのはいいが、巻き添えになる人たちはどうなのだろう？　こうした疑問はアミルに一蹴される。「ほかの人たちは、俺たちがやつらに割り当てた役目を果たすという程度にしか存在しないんだ」。最終章でのハマドは、「これがおまえの長く望んできたことなのだ。兄弟たちとともに死ぬこと」と言い聞かせるように死へと向かっていく。

こうした人物像をどうして作ったのか？　テロリストたちについてはかなりリサーチしたのだろうか？　デリーロに会ったとき、私はこういう質問もしてみた。彼の答えは次のようなものだった。

「たくさんではありませんが、リサーチはしました。そして私はこういう結論に達したんです。実行犯たちの何人かは、ただグループの仲間でいるためだけにグループに入ったんだ、と。ハンブルクのテロリスト集団は故郷から離れ、別の言語に取り囲まれていました。だから、小説のハマドは、何よりも仲間が欲しかっただけで、それがだんだん暴力行為へと導かれていったのです」

デリーロが架空の人物を通してやろうとしたのは、こうした普通の青年が引きずられ、導かれていく過程を描くことだった。だからリーダーではなく、従った者たちを描きたかったのだという。

このテロリスト像についても、彼らがテロへと向かう社会的・政治的動機が十分に描かれているとは言えない。しかし、少なくとも平凡な青年がテロへと導かれる姿は、読者にとって理解しやすい「他者」像と言えるだろう。リーダーは不可解な狂信者であるとしても、それに従った者たちは（その多くは）ごく平凡な者たちだったのだ。

『ザ・ゼロ』

ここでもう一つ触れておきたい白人の小説に、ジェス・ウォルターの『ザ・ゼロ』(Jess Walter, *The Zero*) がある。作者のジェス・ウォルターは一九六五年生まれで、『血の奔流』(*Over Tumbled Graves*, 2001)、『市民ヴィンス』(*Citizen Vince*, 2005) などの犯罪小説で知られている作家。『ザ・ゼロ』も犯罪をめぐる謎解きの面白さとブラックなユーモアで読ませるが、全米図書賞の候補に挙がったことからもわかるとおり、「犯罪小説」という枠を超えて評価されるべき作品である。

主人公のブライアン・レミは警察官で、テロ事件発生時に現場に駆けつける。それ以来、焼け焦げた無数の紙片が空に乱舞する光景に取り憑かれるが、同時に断続的に意識を失うようになり、その期間に自分が何をしていたのか思い出せない。冒頭、彼は頭から血を流している状態で目覚め、どうやら自分の頭を銃で撃ったようなのだが、それが事故なのか、自殺を図ったのかもわからない。

レミのように現場に最初に駆けつけた者たち(警官や消防士たち)をファースト・リスポンダーと呼ぶ。彼らは英雄的な物語のなかで語り継がれ、いわば9・11を語る上で避けて通れない者たちだが、文学作品ではあまり扱われてこなかった。この小説は、ファースト・リスポンダーの心情に踏み込んだ数少ない小説の一つと言える。突然英雄視されることへの違和感、仲間の死を目の当たりにしたトラウマ、瓦礫《がれき》のなかから人体の一部を拾い出すといった作業のもたらすストレス。それらがレミとその仲間たちを通して描かれている。

レミの場合、そのストレスが記憶の欠落という形で現われている。記憶を失っているあいだに何をしていたのか覚えていないだけに、現実を制御できない恐ろしさが倍加していく。エイプリルという女性と愛し合うようになり、彼女と人生をやり直したいのに、ふと気づくと彼女の上司と寝ていたりする。また、記憶が途切れているあいだに、情報機関の仕事に関わり、中東系移民の秘密組織を捜索したり、その組織にスパイを送り込んで操ったりしているらしい。自分で自分のやっていることがわからないまま操作され、暴力の連鎖を生んでいるのではないか。レミはそんな恐怖におののく。

本書の価値は、まず何よりも、トラウマを抱えたファースト・リスポンダーの心情が説得力をもって描かれている点にある。トラウマによって本当に記憶の欠落が起こるのかどうかは問題ではないだろう。それよりも「現実」をきちんと把握できず、自分の行動を思うようにコントロールできないといった現象の隠喩《いんゆ》として機能していると言える。こうした状態のジレンマがレミを通して伝わってくるのだ。また、自分の知らないところで監視され、操られているという感覚は、愛国者法の下で生きる普通のアメリカ人たちの恐怖を誇張した形で表現していると言えるのではないか。

ウォルターは二〇〇一年の九月十七日から二十三日までグラウンド・ゼロで取材をしたという。そのときファースト・リスポンダーたちの働く姿や、一般の人々が悲劇に立ち向かおうとしている姿を見た。この小説のもつ迫真性はこうした取材に基づいている。

テロの誘発

この小説で意義深いのは、アメリカの情報機関や警察機関の行き過ぎた捜査が、かえってテロを生んでしまうことを看破している点にもある。レミはジャガーというコード名のアラブ人をアラブ系の団体に送り込み、情報を得ようとしているが、次第にわかってくるのは、レミの属する秘密機関が彼らに資金提供さえしているということだ。彼らはアラブ人たちに爆弾を作らせ、テロを起こさせて、それによって彼らを逮捕しようとしているのである。ジャガーは自分が裏切られると知って、自らテロを起こそうとする……。
ジャガーはかつて大学教授だったというインテリで、湾岸戦争などを通して急進派に転向したと噂《うわさ》されている。彼はしばしばアメリカやキリスト教に関して鋭いコメントを吐き、イスラム教もキリスト教も同じように暴力的な性質をもっていること、暴力の応酬がゼロ・サムゲームにすぎないことを指摘する。そして、メディアや大衆文化の作り出すイメージに操られ、正義の味方のつもりでいるアメリカを嘲笑《ちようしよう》する。

エンターテインメントは今のあなた方が作り出す独自の産物だ。それはプロパガンダの一つの形でもある。これまで企てられてきたなかで最も狡猾で、最も強力なプロパガンダ。(中略)それがあなた方の宗教になる。君たちの国教だ。この信仰に関して、あなた方は真面目で保守的な原理主義者《ファンダメンタリスト》だ。君たちが戦っていると思い込んでいる真面目で保守的な原理主義者《ファンダメンタリスト》たちと大差ない。彼らが来世の美しい処女たちという物語を抱えて、門を叩く野蛮人だとすれば、あなた方も野蛮人ではないのか?

（上岡・児玉訳、三一八頁）

このように作者のジェス・ウォルターは、テロ事件後のアメリカに鋭い批判の目を向けている。愛国者法の下で激化した強引な取り締まり、対テロを名目とした秘密作戦の数々、イスラム教徒を野蛮人と決めつける当時の不寛容な風潮……。心ならずもテロリストにされていくジャガーの姿、そのジャガーがアメリカに対して投げかける鋭いコメントに、9・11後のアメリカの問題点が反映されているのだ。

『ザ・ゼロ』のペーパーバック版巻末に添えられたインタビューで、ウォルターは、自分がこの小説で描きたかったのは「彼ら」についてというよりも、「われわれ」のその後の対応であると述べている。

「われわれは、中東と戦争をさせたいと思っている宗教的な狂信者たちに攻撃され、中東で戦争をするという対応をしました。闇雲に公民権やプライバシーを犠牲にして、安全保障の幻影を得ようとしました。ますますシリアスになっていく世界に対して、シュールなほど浅薄になっていくという形で対応したのです」

そしてウォルターは、その対応に対して正直に議論できなかったことに問題を見る。

「イラク戦争、捕虜の虐待、電子機器を使った監視、グアンタナモ湾――こうしたことは、すべてわれわれに利するように為されたはずなのに、最終的に、より多くのテロリストを生んだのかもしれないのです」

こうした状況を描くのに、小説は最適であるとウォルターは考えている。9・11に関してはあまりに多くのイメージが飛び交ったが、「小説の自由さこそ、異種のイメージや運動を編成し直し、再び秩序立て、まとめ上げ、風刺し、主題的につなぐことができるのです」

ウォルターとの対話

ジェス・ウォルターにはメールでインタビューを試みたところ、すぐに返事をくれ、その真摯《しんし》な受け答えに感動させられた。私の最初の質問は、どうして9・11を取り上げたのか、9・11のどのような点が特に印象に残ったのか、だった。

「9・11テロ事件について書いたのは、自分がそれに取り憑かれてしまったからです。私は、ニューヨーク市警視総監のゴーストライターをする仕事を引き受けて、タワー倒壊の数日後からグラウンド・ゼロで取材しました。これは圧倒的な体験でした。アメリカがイラク戦争に向かっていき、アメリカ人が――私の意見では――愛国主義と消費主義に逃げ場を求めていったとき、私はこうしたことに対して誰かが注意を促すべきだと感じました。この恐ろしいテロ攻撃に対して、われわれがこのように理に合わない反応をしているのだということを、思い出させなければと感じたのです。

　また私は、自分がグラウンド・ゼロで見たものをどう芸術的に昇華できるかと考えていました。あの事件が私の世代で最も意味のあるものだと感じ、それを無視するなんて、作家としてあり得なかったのです。こうして小説を書き始めたとき、暗い風刺とちょっとしたシュールレアリズムでしかそれにはアプローチできないように感じました。とはいうものの、小説のかなりの部分は、単純に私がグラウンド・ゼロで見たものと、その後のシュールな余波を反映しています。最終的に私が興味を惹《ひ》かれたのは、人々がいかに出来事の一つのバージョンにしがみつくか――自分たちの悲しみや恐怖を説明してくれる、たった一つのバージョンにしがみついてしまうか、でした」

「暗い風刺とちょっとしたシュールレアリズム」は、『ザ・ゼロ』において最も読者を惹きつける特徴だろう。レミの心に取り憑く現場の光景、その凄惨《せいさん》さと、彼らを英雄視するマスコミのどんちゃん騒ぎ。この対比は確かに超現実的であり、ブラックなユーモアをもって現実を風刺している。それは現場を体験した作者の内的必然から来ていたのだ。

では、ジャガーというキャラクターはどのように思いついたのだろう？　イスラム教やイスラム教徒についてはかなりリサーチをしたのだろうか？

「イスラム教の思想や考え方についてはリサーチしました。グートラックとジャガーという二人のキャラクターを考えたのですが、ジャガーは単純に真実を語る人物です。偽りの物語にしがみついているほかの人たちに対して、聞くのが辛い真実を面と向かって伝えます。ほかの人々は、自分たちにとって心地よい物語、あるいは逃げ場を与えてくれるような物語にしがみついているのですね。それからジャガーには、イスラムの穏健な成員がアメリカの対応によって狂信的になっていくというアイデアを体現させたかったのです。そして、テロリズムを見つけるために駆り出された法の執行機関が、最終的には穏健な成員からテロリズムを作り出してしまうこと。これはまさに、その後の数年に起きたことです。

政府の〝情報提供者《インフォーマント》〟がしばしば穏健な、あるいはテロの能力のない成員を、彼らが自分では作り出してもいない陰謀に引き込んでいく。作品の最初から最後まで、私はジャガーに居心地の悪い真実を話させたかったのです」

ウォルターはこの関連で、一つの新聞記事を挙げてくれた。『ガーディアン』紙の「政府職員がアメリカにおけるテロの陰謀に〝直接関わる〟」("Government agents 'directly involved' in most high-profile US terror plots") というもの。それには、FBIのような警察機関がいかにおとり捜査を使い、法を遵守する市民からテロリストを作り出すかが書かれていた。

(http://www.theguardian.com/world/2014/jul/21/government-agents-directly-involved-us-terror-plots-report)

では、ほかの9・11小説でどのようなものを読んだか、特に評価しているものがあるかどうかについても訊《たず》ねてみた。

「9・11に関しては、小説よりノンフィクションをたくさん読みました。私が読んだ9・11後のアメリカに関する本で最高のものは、ベン・ファウンテンの『ビリー・リンの長いハーフタイム・ウォーク』(Ben Fountain, *Billy Lynn's Long Halftime Walk*, 2012)です。それに、エイミー・ウォルドマンの『サブミッション』も気に入りました」

最後にどうしても訊きたかったのは、「この時代に文学がどのような力をもち得るか」だった。

「アメリカにおいて——そしておそらくどこにおいても——文学はどんどんエンターテインメントの一形式にすぎなくなってきました。文化に影響力を与えようと望む小説も、まず読者を楽しませなければなりません。でも、このエンターテインメントにも鋭利な部分(エッジ)というか、つまり不安や恐怖があって、だから今の小説にはゾンビや吸血鬼や破滅後の世界やらがたくさん出て来るのだと思います(そして、破滅後の世界を描く小説に使われているイメージの多くが、9・11のメディアによって刷り込まれたものに起源をもちます)。私は、重要な作品はこうしたトレンドを超越し、長く続くと思っています。なぜなら、そうでなければならないからです。歴史において、人生において、われわれの時代を反映する最も強力な没入型の方法は今でも文学だからです」

「没入型(= immersive)」とは、読者を引き込み、夢中にさせる表現形式ということだろう。文学の力を強く信じる、ウォルターの思いが伝わってくる。

テロを生み出す構図

ウォルターが指摘するような、おとり捜査がかえってテロを生んでいる構図は、アルン・クンドナニの研究書『ムスリムたちが来るぞ!』（Arun Kundnani, *The Muslims Are Coming!: Islamophobia, Extremism, and the Domestic War on Terror*）にも指摘されている。クンドナニはイギリス生まれで、教育もイギリスで受け、現在はニューヨーク大学でメディアや文化を教えている若手の大学教授。自著のプロフィールで自身の人種的背景は明かしていないが、テレビのインタビューでは、父親がヒンドゥー教徒で母親はカトリックであると述べていた。とはいえ、その名前と肌の色から、よくイスラム教徒と間違われるようだ。

『ムスリムたちが来るぞ!』は、9・11後のアメリカとイギリスにおける「イスラム教徒恐怖症」とでも言える不寛容な風潮をルポし、歴史的説明や批評的分析を加えたものである。この本は、私が二〇一四年四月にニューヨークを訪れたとき、本屋で平積みにされていた。

　このとき私はニューヨーク市立大学の「９・11後のアメリカにおける権利の危機」と題したシンポジウムを訪れた。クンドナニがゲストスピーカーとして招かれていたためである。シンポジウムでクンドナニは、現在のイスラム教徒に対する当局の監視を、一九六〇年代の黒人公民権運動家に対する監視と結びつけて話した。六〇年代、ＦＢＩは公民権運動家のなかに共産主義者がいると考え、盗聴を含む非合法な手段も使って情報を収集した。マーティン・ルーサー・キングの私生活も調べ上げ、それをネタに自殺を勧告する匿名の手紙をキングに送ったという。このような形で黒人の公民権運動を弱体化したのだ。

　それと似たような監視の目が、現在のアメリカやイギリスのイスラム教徒たちに向けられている。英米の警察機関の標的は今「国内のイスラム教徒」なのだ。そして、こうした猜疑《さいぎ》の目を向けられ、ときに不当な取り調べさえ受けたりすることで、かえってイスラム教徒たちの過激化を招いている。

『ムスリムたちが来るぞ！』の冒頭に紹介された例は衝撃的だ。ミシガン州のラクマン師というイスラム教の導師が、おとり捜査によってＦＢＩに殺された事件である。

ラクマン師は一九八〇年代に改宗したアフリカ系アメリカ人で、人種差別と闘う姿勢の持ち主だったが、テロを助長したり支持したりする言動はまったくなかった。それでも、FBIは彼を要注意人物として警戒、二〇〇七年頃からおとり捜査を開始する。彼のモスクは貧困地区にあり、彼はその地区の人々を彼らの信仰にかかわらず援助していた。FBIは彼らの貧しさや犯罪歴につけ込み、盗品の運び屋をやらせるという形で捜査に利用。ラクマン師をその仕事に引き込み、盗品の故買容疑で逮捕しようとした。そして、ラクマン師が抵抗したところで、射殺したのである。

現在のアメリカやイギリスでは、特に敬虔な信者ではなかったイスラム教徒の若者たちが、謂《いわ》れなき差別に直面し、かえってイスラム教に回帰しているという。かつてのマルコムXやモハメド・アリのように、アフリカ系アメリカ人のなかにも、人種差別と闘う拠り所としてイスラム教の信仰に向かう者がいる。こうした人たちに対し、警察機関や諜報《ちょうほう》機関が警戒し、何もないところに犯罪を作り上げて、彼らを取り締まろうとする。それに対抗するために彼らは過激化する……とすれば、これはまさに悪循環だ。*2

『ザ・ゼロ』はこうした悪循環に鋭くメスを入れた作品なのである。ウォルターは犯罪小説からキャリアをスタートさせた作家であり、「犯罪小説家」と分類されることも多い。それだけに、警察や諜報機関の問題点にも敏感なのであろう。そしてまた、次章で取り上げる犯罪小説やスパイ小説も、こうした問題に切り込んでいる。

＊1 PBS Frontline の次のページにこの遺書は引用されている。ただし、書かれたのは一九九六年であり、その時点でアタがあのような形での自爆テロを計画していたかどうかはわからない。(http://www.pbs.org/wgbh/pages/frontline/shows/network/personal/attawill.html)

＊2 アルン・クンドナニについての部分は、拙論「グラウンド・ゼロ・モスクの今」の一部を修正し、使用している。

本章で扱った文学作品

Amis, Martin. *The Second Plane*. London: Vintage Books, 2008.

DeLillo, Don. *Falling Man*. New York: Scribner, 2007.（ドン・デリーロ『墜ちてゆく男』上岡伸雄訳、新潮社、二〇〇九年）

Updike, John. *Terrorist*. New York: Alfred A. Knopf, 2006.

Updike, John. "Varieties of Religious Experience" in *My Father's Tears and Other Stories*. New York: Alfred A. Knopf, 2009.

Walter, Jess. *The Zero*. New York: Regan, 2006.（ジェス・ウォルター『ザ・ゼロ』上岡伸雄・児玉晃二訳、岩波書店、二〇一三年）

その他参考資料

Gray, Richard. "Open Doors, Closed Minds: American Prose Writing at a Time of Crisis." *American Literary History*. October, 2008.

Hartnell, Anna. "Violence and the Faithful in Post-9/11America: Updike's *Terrorist*, Islam, and the Specter of Exceptionalism." *Modern Fiction Studies*, Volume 57, number 3, Fall 2011.

Kundnani, Arun. *The Muslims Are Coming!: Islamophobia, Extremism, and the Domestic War on Terror*. London: Verso, 2014.

National Commission on Terrorist Attacks. *The 9/11 Commission Report*. New York: Norton, 2004.

上岡伸雄「九・一一後、アメリカ文学は何を語りうるか――『自分たち』と『他者』の間」『世界』岩波書店、八二二号、二〇一一年十月

上岡伸雄「グラウンド・ゼロ・モスクの今」『図書』岩波書店、七八五号、二〇一四年七月

第三章　権力の横暴と戦う——犯罪とスパイをめぐる物語たち

CIAが尋問のテープを破棄

ワシントン発　中央情報局（CIA）は、二〇〇五年、CIAが拘束するアルカイダの諜報部員二名の尋問を記録したビデオテープのうち、少なくとも二本を破棄していた。これは、CIAの極秘拘束作戦に関して国会と司法の調査が行われている最中に行われた。

ビデオテープには、CIA局員が二〇〇二年に、テロの容疑者たちを過酷なテクニックで尋問する様子が写されていた。テロの容疑者には、CIAが最初に拘束したアブ・ズベイダも含まれる。ビデオが破棄された理由の一部は、こうした問題含みの拷問方法が証拠として記録されているためで、情報局員らが法律で罰せられる危険に晒されるのではないかと心配したからである。

CIAは今日、テープを破棄するという決断はCIA内部でなされたと発表した。また、それらにはもはや情報の価値がなかったので、諜報活動に従事する局員の安全を守るために破棄したのだ、とも語った。

（『ニューヨークタイムズ』二〇〇七年十二月六日）

これは『ニューヨークタイムズ』紙に実際に載った記事である。二〇〇九年三月二日には、破棄されたテープが実は九十二本であったという記事も掲載された。こうしたテープには「溺《おぼ》れるような感覚を味わわされる、ウォーターボーディングと呼ばれるテクニック」を含む過酷な尋問が記録されているという。

過酷な尋問とは、つまり拷問である。拷問は9・11テロ事件とその後の対テロ戦争における、アメリカの恥部とも言えるものだ。テロの容疑者や、容疑者とのつながりを疑われた者たちが拷問を受け、情報提供を強要された。対テロ戦争では、アメリカ軍の戦争捕虜に対する虐待が暴かれ、国内のリベラル派からのみならず、全世界から激しい非難を浴びた。二〇一四年十二月には、オバマ政権が拷問の実態調査の結果を発表。CIAが非人道的な拷問手段を使っていたこと、それが効果的ではなかったことを認めた。

ウォーターボーディングは拷問のなかでも最も過酷とされ、悪名高いものである。顔を布で覆った上で頭部を下にし、口や鼻に水を注ぎ込むことで急速に窒息を生じさせる。体に傷を残さずに、短時間で死の恐怖が作り出せるのが利点とされ、対テロ戦争で多用された。この拷問は、オサマ・ビン・ラディン殺害の実話に基づく映画『ゼロ・ダーク・サーティ』でも登場する。ビン・ラディンにつながる情報を得るために、CIA局員たちが容疑者に対して使う拷問テクニックがこれだ。

この拷問を記録したテープは、CIAにとって非常に都合の悪いものである。その内容が明るみに出て、非難されることを恐れ、CIAはテープを破棄したのである。

『インサイド・アウト』

この記事からインスピレーションを得て、構想された小説がある。バリー・アイスラーの『インサイド・アウト』(Barry Eisler, *Inside Out*, 2010) というスパイ小説だ。

アイスラーは一九六四年生まれのアメリカの作家。コーネル大学のロースクールを出てからCIAの工作員となり、その後シリコンバレーや日本で弁護士として活動してから、作家生活に入った。その作品はおもに、日米ハーフの殺し屋ジョン・レインを主人公とするシリーズと、秘密工作員ベン・トレヴンを主人公とするシリーズに分けられる。

二〇一〇年に出版された『インサイド・アウト』は、ベン・トレヴン物の第二作となる。

物語は二〇〇七年十二月、ＣＩＡの高官たちが深刻な表情で議論している場面から始まる。拷問を記録したビデオテープが九十二本紛失した、どうしたらよいか、と話し合っているのである。テープには、ウォーターボーディングのみならず、もっと非人道的な拷問も記録されているらしい。これが明るみに出たらまずい。

チェイニー副大統領の側近であるアルリックが一つの案を提案する。ＣＩＡがテープを二本破棄したと、リベラルと目されている新聞にリークするというのである。ほかの者たちは驚くが、アルリックはこれが時間稼ぎであると説明する。この記事がリベラルな新聞から出れば、ＣＩＡの隠蔽《いんぺい》工作に対して非難の声が上がるだろう。しかし、それを二本だけ、しかも本当に重要な容疑者に対する拷問だけということにしておいて、テープの行方を捜す。テープが見つかれば、それを自分たちで破棄する。見つからなければ、その間に情報操作をし、テープの内容について取り繕える話を作っておく。紛失したテープの正確な数はそれから発表すればよい。

それでも納得しないＣＩＡ高官たちに対し、アルリックはこう説明する。

これを隠匿する唯一の手段は、もっと軽い罪を〝告白〟することだ。どうしてそれがわからない？　メディアはこの告白に飛びつくだろう。本当にテープを破棄したのでなければ、そんなことを告白するわけがないと思うからな。だから、本当はもっとひどいことを隠しているなんて思いもつかない。当面は、数本のテープが破棄されたと発表しておけば、実際にはいくつのテープがあったのかとか、それが実際どうなったかを曖昧にできるんだ。

（原文一〇頁）

ほかの者たちもようやく同意する。そして一年あまり、テープの行方を捜すが、出て来ない。その結果、ＣＩＡによって破棄されたテープの数は九十二本だったという記事が『ニューヨークタイムズ』紙に載ったのである。

『インサイド・アウト』の物語はここからが中心部分である。九十二本のテープは、実は元秘密工作員のダニエル・ラリスンによって盗まれていた。ラリスンは、テープの内容をウェブ上で公開されたくなかったら、一億ドル相当のダイヤモンドを寄越《よこ》せ、とＣＩＡを脅迫する。この問題を解決するために、ベン・トレヴンが駆り出されることになる。

ラリスンは悪人として描かれてはいない。彼は秘密工作員時代、テロ容疑者の拷問に関わり、その非人道性を目の当たりにした。何しろそれは、容疑者を文字どおり消してしまうものだったのだ。彼はこの任務に嫌気がさし、自分が事故死したと見せかけ、テープとともに潜伏したのである。

こうしてベンによるラリスン追及が始まる。ベンはラリスンが死を自演する前の足取りを追い、コスタリカに潜伏していると考え、そこに向かう。しかし、ラリスンを追っているのは彼だけではなかった。CIAは独自に民間軍事会社ブラックウォーターに依頼し、刺客を送り込む。FBIはこの事件を犯罪として扱い、美しい女性捜査官を送る……。

このようにこの小説はエンターテインメントらしい追いつ追われつの攻防があり、ベンとFBI捜査官との恋がありと、たっぷりと楽しませてくれながら、いろいろと読者に考えさせる。CIAが行っている拷問の非人道性、それを隠蔽しようとする体質、情報の操作、CIA内の権力争い、そして「安全保障」という名のもとに増殖した諸機関の複雑な関係。まさに元CIA工作員、アイスラーだからこそ書ける内容と言えるだろう。

H・ブルース・フランクリン教授

私がこの小説を知ったのは大学の文学の授業においてだった。ニュージャージー州ニューアーク市のラトガーズ大学で研究生活を送っていたとき、英文科のH・ブルース・フランクリン教授の授業を聴講していたのだが、その授業で扱われたうちの一冊がこれだったのである。

フランクリン教授は一九六〇年代、ベトナム反戦運動に身を投じ、投獄され、勤めていたスタンフォード大学から解雇されたという強者である。専門はハーマン・メルヴィルを中心とするアメリカ文学だが、常に弱者の立場に立ち、アメリカの権力と闘う姿勢で評論活動を続けてきた。私が翻訳した彼の『最終兵器の夢』(H. Bruce Franklin, *War Stars: The Superweapon and the American Imagination*)で、教授は「アメリカが最終兵器を手にすれば、世界平和を築き上げられる」という思い込みがいかに無駄な戦争や兵器開発を生んできたかを明らかにしている。この思い込みは、当時のSF小説にもさかんに謳《うた》われていた。そして、その熱心な読者の一人が、後に大統領になり、日本に原爆を投下するハリー・トルーマンだった……。アメリカの好戦性を、大衆文化との関連から明らかにする金字塔的な研究である。

　私が聴講したフランクリン教授の授業は、アメリカにおける「牢獄文学《ろうごく》」を読んでいこうというものだった。アメリカ文学には、不当に投獄された人、権力によって虐待されたり拷問を受けたりした人を扱うものがたくさんある。そういうものを読み、権力の横暴について考えようということで、メルヴィルからジャック・ロンドン、アプトン・シンクレアなど、大作家たちの作品を読み、議論していった。そのなかで最も新しい小説、唯一のポスト9・11小説として選ばれていたのが、『インサイド・アウト』だったのである。

　それにしても、大学の文学の授業で、こうした大家の作品とともに、スパイ小説が読まれるとは！　どうして『インサイド・アウト』を選んだのか？　そのあたりを9・11との関連も含め、フランクリン教授に訊いてみた。

「テロ事件が起きたとき、私はナイーブな人間なので、これでアメリカ人も（すべてではないにしても）爆撃されるとはどういうことなのか理解し、他人に同情できるようになるのではないかと思いました。自分たちがしてきたこと、今していることと、この事件との関連が見えるようになるのではないか、と。ところが、9・11後に出てきた文学や文化を見てみると、圧倒的に〝自分たち〟のことばかりでした。無実の私たちにひどいことが起きた、というものばかり。それでこの授業のリーディングリストを作るとき、何か9・11後のものも読ませたいのだけど、『レンディション』か『告発のとき』のような映画にしようかなどと考えていて、この小説に突き当たったのです」

『レンディション』（ギャビン・フッド監督、ジェイク・ギレンホール、リース・ウィザースプーン主演、二〇〇七年）は、エジプト系アメリカ人の化学工学者がまったく根拠なくテロ容疑で拘留され、強引な尋問を受ける物語。『告発のとき』（ポール・ハギス監督、トミー・リー・ジョーンズ、シャーリーズ・セロン主演、二〇〇七年）は、アメリカ兵によるイラク人の虐待と、それを隠蔽しようとする兵士たちの争いを描いたもの。ともに実話に基づいていて、アメリカの恥部と言える物語を扱っている。こういうものが文学にはないと感じていたのだ。

「『インサイド・アウト』は〝何がわれわれに起きたか〟ではなく、〝われわれが他者に対して何をしているか〟についての小説です。そして、ＣＩＡと拷問、拷問のイメージの拡散、アメリカ社会の本質、9・11がアメリカ社会をどの方向に導いているのか、といった問題に焦点を当てています。結末では、国を動かしている黒幕の存在だけでなく、それに取って代わる軍事的諜報機関の存在も垣間《かいま》見えます。それは、何層もの秘密に守られているのです。この小説はスリラーといったジャンルの形式をすごくうまく使い、こういう問題を表現していると思いましたね」

フランクリン教授が特にこの小説で感心したのは、CIAがうまく『ニューヨークタイムズ』紙を利用している部分である。

「最初の二十ページを読んで、驚きました。CIAの高官たちが拷問のビデオ紛失について議論していて、わざと『ニューヨークタイムズ』紙にリークしようと話していたら、本当の記事が現われたのですから。これは、メディアと政府機関との関係について私たちに考えさせます。というのも、イラク侵攻に関しては、『ニューヨークタイムズ』紙が大きな役割を果たしたのです。影響力があり、リベラルと目されていますから、リベラルな人たちも信用してしまうのですね。こういうことを取り上げるのは、エンターテインメント小説としてはとても珍しいと思いました」

拷問の常態化

フランクリン教授が授業でもさかんに話題にしたのは拷問の問題だった。9・11をきっかけに、いかにアメリカ社会が拷問を正当なものとして見なすようになってきたか。それに危険なものを感じているのだ。私とのインタビューで、彼は次のように語った。

「トム・クランシーのような右翼的な人でも、『恐怖の総和』（Tom Clancy, *The Sum of All Fears*, 1991）のなかで、拷問には効果がないことを認めています。テロリストたちは、拷問を受けたら、偽りの情報を渡すように訓練されているからです。拷問の上での情報だから、真実だと受け取られるのですね。なのに『ゼロ・ダーク・サーティ』はひどい。拷問に効果があったように描かれているわけですが、それは歴史的事実の歪曲《わいきょく》ですし、拷問の正当化、常態化を目指したものです」

『インサイド・アウト』でも、ベン・トレヴンの上官が、拷問には効果がないことを認め、次のように言う。「情報を得るなら、（拷問より）効果的なものはいくらでもある。だからやつらが拷問するのは情報を得たいからじゃない。拷問したいから拷問するんだ」（原文

アブグレイブ刑務所での虐待　　写真提供　ユニフォトプレス

一八六頁)。一方、CIA高官のアルリックは、拷問が常態化してきたことを高らかに宣言する。「ウォーターボーディングとか拷問とかは、もはやニュースにもならない。国民の半数以上が拷問を支持しているんだ。知らなかったか?」(原文二九六頁)

フランクリン教授が授業で目指したのは、こうした現実を学生たちに突きつけることだった。

「小説を読みながら、アブグレイブ刑務所の写真を見せましたけど、こうしたものはあまり見たことがなかったようですね。学生のほとんどがショックを受けた様子でした。授業全体で示したかったのは、この本の主題である拷問の常態化が、アメリカの監獄システムから直接来ているということです」

こうした状態はブッシュ政権からオバマ政権になっても変わっていない、いや、かえって悪くなっている、とフランクリン教授は言う。

「今政府は、何かにつけて、アメリカ国民をスパイする政府の権限を強めようとしています。これがポスト9・11時代の生活の中心的な現実なのです。『インサイド・アウト』は実際に、その内側を外に晒す小説ですね。こうした何層もの嘘《うそ》や虚偽の奥に何が見えるかを見せてくれるのです」

私の帰国後に起きた事件は、フランクリン教授のこうした言葉を見事に裏づけていた。

二〇一三年六月、CIAの元技術アシスタントでNSA（国家安全保障局）の業務請負企業に勤務していたエドワード・スノーデンが、アメリカ政府の行き過ぎた監視システムを告発したのだ。アメリカ政府はインターネット企業や通信会社を通し、国民の通信履歴を無差別に収集していた。スノーデンが告発の決意をしたのは、オバマ政権になって、政府の権力濫用がエスカレートしたからだという。さらに、彼は『ニューヨークタイムズ』紙が政府の言いなりにしかならないと考え、フリーランスのジャーナリストを通し、イギリスの『ガーディアン』紙に情報を持ち込んだのである。*1

アイスラーとの対話

私は作者のバリー・アイスラーにも、メールを通してインタビューを試みた。日本で生活したこともあり、柔道黒帯の親日家アイスラーは、「私の日本語がもう少し上手だったらいいのに」と日本語で書きながら、私の問いには英語で詳しく答えてくれた。

まず訊きたかったのは、CIA工作員であった経験がどのように創作に役立っているか、だった。そしてCIAのどのような側面を描きたいと考えているのだろうか？

「自分のストーリーができるかぎりリアルであってほしいと思っていますから、スパイの技術や考え方については、極力正しく書こうと努めています。でも、それ以上に重要なことして、巨大な諜報機関の官僚機構の現実を伝えようと努めています。それはテレビの『24』や映画のボーン・シリーズで描かれているものとは違って、右手でやっていることを左手がわかっていないような組織です。国家の安全保障のためというより、次年度の予算を守ろうという動機で、さまざまな派閥が動きます。気高い意図をもって仕事を始めた人たちが、その文化によって腐敗していくのです」

最初の質問には必ずしも答えてくれていないが、ＣＩＡという官僚機構の「現実」を描こうとする際、その経験はかなり役立っているはずだ。官僚機構の肥大化の弊害、働いている人々の腐敗を実際に見てきたのであろうから。では、自分の小説の役割をどのように捉えているのだろう？　小説で何を成し遂げようとしているのか？

「自分の小説はまずエンターテインメントとして成功してほしいと思っています。そうでなければ、どんな面でも成功していないことになりますから。ただ、エンターテインメントの価値に不可欠なのは、筋書きのリアリズムです。書くものすべてに関して、私は新聞の見出しの背後に〝あり得るもの〟のみならず、最も〝事実としてありそうなこと〟を書こうと努めます。ニュースで見ることのできる点と点を物語のなかで結び、フィクションではあるけれども真実でもあるような物語を作り出すのです。そうすることで私は、作られた同意の背後にあるものを読者に見てもらおうと思っています。作られた同意とは、最も力のある派閥が人々に見せようとしている、壁に映った影のようなもの。それを見透かして、影を放っている本当の姿を見てもらいたいのです」

『インサイド・アウト』は『ニューヨークタイムズ』紙の記事が出発点になっている。拷問の事実を隠すためと見られるビデオテープの破棄。そこからアイスラーは想像をめぐらせ、〝事実としてありそうなこと〟を作り出した。それによって、CIA内の権力争いや腐敗、そうしたものが国を動かしている可能性を露わにしたのである。

では、アイスラーは文学の意義についてどのように考えているのだろう？　こうした現実に対して、文学はどのような力をもち得るのか？

その質問に、アイスラーはまず「ノンフィクションは事実ですが、小説《フィクション》は真実です」という決まり文句で答え、詳しく説明してくれた。

「今日のアメリカでは、政府や企業、権力機構、メディアなどがこれまでにないほど効率的に、自分たちの利益に結びつく物語を作り出し、売るようになっています。次の二つの物語で、どちらが政治的な意図をあからさまに示していると思いますか？

一　イスラムのテロリストがスーツケース核爆弾を入手し、アメリカの一都市に隠した。

勇敢なCＩＡ局員のチームがテロリストを突き止めなければ、その都市は破壊されてしまう。

二　アメリカの対テロ戦争の背後にいるさまざまな党派は、拷問や侵略、戦争、無人機攻撃などがさらなるテロを生み出すことをよく承知している。こうした党派にとって、選んだ政策が火に油を注ぐような結果になることは失敗ではなく、望んだとおりなのだ。というのも、彼らが権力と利益を維持する源泉はそれなのだから。

答えは、どちらもあからさまに政治的な意図をもっています。しかし、ほとんどの人々は、われわれの政府と主要メディアの記者たちによって、こう信じ込まされています。〝テロリストたちはわれわれの自由を憎んでいる。われわれは私利私欲なく、世界が善であることしか望んでいないのに〟と。だから、第一のシナリオが第二のものと同じくらい政治的だということに気づかないのです。私たちが現実として受け入れるものは、政治的とは感じられません。ただ、われわれの想定する現実と反するものだけ、政治的と感じられるのです。

だから私は、権力者が望むような物事の描かれ方ではなく、その本当の状態を描き出したい。文学は人々が物事の本当の状態を見る手助けになり得ます。そうしながら、アメリカを現在の好戦的愛国主義から遠ざけ、建国の理念に戻す助けにしたいのです」

「政治的」とは、つまり人々を誘導する目的で作られた物語だということだ。日本の読者なら、右のどちらにも「政治的な意図」を感じるかもしれない。しかし、アメリカの多くの読者は第一の物語を「ありそうな話」だと思い、第二の物語を「リベラル派によって作られた極端な話」と思う。どちらも政治的な意図をもって作られているということを、見逃してしまいがちなのである。

アイスラーが求めているのは、権力者たちの物語の政治性を暴くことだと言ってもいいだろう。彼らの物語が政治的に作られたものだということを示し、その背後の真実に迫る。そこには、9・11後のアメリカの進路への強い危機感があり、自由平等といったアメリカ建国の理念への強い思いがあるのである。

犯罪小説・スパイ小説の意義

いわゆる純文学の作品よりも、犯罪小説やスパイ小説のほうが9・11後の世界情勢の変化を的確に捉えているという意見がある。自身も犯罪小説家であり、北アイルランドのクイーンズ大学で英米文学を教えるアンドルー・ペッパーだ。

『モダン・フィクション・スタディーズ』誌の「9・11後の小説」特集（二〇一一年秋号）に寄せた論文「地球全体を警備する——9・11後の犯罪小説における国家主権と超国家的要素」（Andrew Pepper, "Policing the Globe: State Sovereignty and the International in the Post-9/11 Crime Novel"）で、ペッパーは「9・11後の文学」を取り上げた研究書が純文学しか扱っていないことを批判し、純文学作品は9・11後の複雑な地政学上の状況を解明するのには驚くほど適していないと述べる。純文学は個人の精神の動揺や喪失感にばかり焦点を当てるので、より広い地政学的な観点が欠けているというのだ。

ここまで扱ってきた小説を比較すると、確かにペッパーの言い分に一理あることは認めざるを得ない。純文学作品は普遍的な人間の心情、そして本質を探究する。9・11を扱った小説で言えば、惨事を目撃した個人のトラウマ、肉親や友人を失った個人の喪失感などが前面に出てくる。普遍的な問題が優先され、9・11の特殊性が見えにくくなるのだ。それが行き過ぎて、9・11をほかの大惨事と入れ替えても成立してしまうほどになったら、やはり9・11後の小説として物足りなさが残るだろう。

それに対し、エンターテインメント小説は娯楽を優先させるのだが、広く読まれるためには、やはり人間や現実が真に迫って描かれていなければならない。そして多くの場合において、優れたエンターテインメント小説は、最新の状況にいち早く反応している。アイスラーの『インサイド・アウト』は、文学研究者のフランクリン教授も認めるくらい、現在のアメリカの状況を見事に捉えていた。とすれば、こと9・11後という文脈において、犯罪小説やスパイ小説の意義はもっと見直されるべきだろう。

ペッパーはこの論文で三冊の犯罪（またはスパイ）小説を取り上げている。サラ・パレツキーの『ブラック・リスト』（Sara Paretsky, *Blacklist*, 2003)、ドン・ウィンズロウの『犬の力』（Don Winslow, *The Power of the Dog*, 2006)、ジョン・ル・カレの『誰よりも狙《ねら》われた男』（John le Carré, *A Most Wanted Man*, 2009）である。

特にペッパーはル・カレとウィンズロウの作品を高く評価する。それは、これらの作品が国際的な犯罪や捜査の複雑化に目を向けているからだ。対テロ戦争の国際化に伴い、従来の枠組みでの捜査や諜報活動が無力になりつつあること。国家主権と超国家的な要素とのあいだに齟齬《そご》が生じ、それが大きくなっていること。そうしたことを作品のテーマにしている点で、ペッパーは評価するのである。

とはいえ、本書の文脈でこの二冊を取り上げることは難しい。『犬の力』は一九七〇年代から二十一世紀にまで及ぶ国際的な麻薬戦争を扱った物語。一国の警察が国際的組織に挑む困難を描いてはいるが、9・11後が扱われるのは終章のほんの二ページほどである。一方、『誰よりも狙われた男』は9・11後のドイツ、ハンブルクにおいてチェチェン系の不法移民が対テロの捜査に晒される物語。彼を従来の国内法で即刻逮捕すべしと主張する者と、泳がせて大きなテロ組織とのつながりを作ろうと目論《もくろ》む者と、ドイツ諜報部内にも対立が生じ、そこにアメリカのＣＩＡとイギリス諜報部がからむ。冷戦期の枠組みの諜報活動が9・11後に通用しないことを示した点で注目に値するが、物語はドイツから出ず、ＣＩＡの関与は弱い。つまり、どちらの作品も9・11とその後のアメリカを描いたとは言いにくいのである。

それに対し、『ブラック・リスト』はまさに9・11後のアメリカを舞台とし、アラブ系移民に対する強引な捜査や、愛国者法下のプライバシー侵害、言論弾圧などを問題にしている。ペッパーがこの小説に対して抱いている批判的意見も参考にしつつ、ここでは『ブラック・リスト』を詳しく見てみたい。

『ブラック・リスト』

作者のサラ・パレツキーは、アメリカで人気の女性推理小説家である。アメリカ中西部生まれで、シカゴ大学で博士号を取得後、シカゴの女性私立探偵、V・I・ウォーショースキーを主人公とする『サマータイム・ブルース』(*Indemnity Only*, 1982)で作家デビュー。その後、次々にウォーショースキー物を発表し、『ブラック・リスト』はシリーズ十一作目にあたる。

『ブラック・リスト』は9・11から半年後のシカゴを舞台とする。冒頭、ウォーショースキーは9・11のショックからまだ立ち直れない状態だ。ほかの人々はアフガニスタンでの戦争の進行に伴って、日常生活に戻っていったようだが、彼女にはそれができない。というのも、恋人のジャーナリスト、モレルがアフガニスタンで取材を続けており、連絡もままならない状態だからである。

そんな折、彼女は得意客のグレアムから仕事の依頼を受ける。彼の母親が以前住んでいた屋敷に不審者が出没している様子なので、調べてほしいというのだ。彼女が屋敷に行くと、屋敷に忍び込んでいる少女を発見するとともに、庭の池に死体を発見する。死体は若い黒人ジャーナリスト、ウィットビーのものだった。警察はウィットビーが自殺したとして処理しようとするが、ウォーショースキーはそれを疑問視する遺族とともに、彼の死の謎を探ろうとする。

一方、ウォーショースキーは屋敷に忍び込んでいた少女が、シカゴの名門ベイヤード家の孫娘、キャサリンであることを突き止める。キャサリンは、高校の同級生でエジプト人のベンジャミン・サダウィがテロとの関わりを疑われて捜査対象となり、強制送還になりかねないと知って、屋敷にかくまうことにしたのだ。実際のところ、サダウィはテロとはまったく関係がなく、皿洗いで稼いだわずかな金をエジプトの家族に仕送りしている真面目な少年である。ところが9・11直後という異常な雰囲気のもと、FBIは彼のような少年にも猜疑の目を向け、行方を突き止めようと躍起になっているのだ。ウォーショースキーは同情し、サダウィを別の場所でかくまおうとする。

さらにウォーショースキーは、殺されたウィットビーが一九五〇年代に活躍した黒人女性ダンサーの取材をしていたことを知る。このバランタインというダンサーはアフリカの要素を加えたダンスで注目され、芸術として高く評価されていたが、赤狩りの風潮のもと、共産主義者と見なされて失脚した。ウィットビーは彼女の人生を追ううちに、彼女の失脚に関わったベイヤード家やグレアム家など、シカゴの名門一族のスキャンダルに気づき、そのために殺されたらしい。では、誰が彼を殺したのか？　サダウィをかくまいつつ、ウォーショースキーはその謎を解こうとする。

こうして9・11後の愛国的な風潮と、一九五〇年代の赤狩りの風潮とが重なってくる。言論の自由が制限され、体制側と異なる意見は封じ込められること。そして、国家が国民に対して監視の目を光らせること。捜査はウォーショースキー自身にも及び、FBI捜査官は次のように言って、捜査令状なしで彼女の住居を捜索しようとする。

「愛国者法の下では、国家安全保障に関わる緊急事態であると認められる場合、われわれは令状を取得しなくてもいいことになっているのです」(原文二六四頁)

それに対して、ウォーショースキーはこう叫ぶ。

「国民の権利はどうなっちゃったの? 〝不合理な捜索および押収に対し、身体、住居、書類および所有物の安全を保障される国民の権利は、これを侵害してはならない〟っていう憲法修正箇条は?」(原文二六五頁)

これは、憲法修正第四条の言葉である。アメリカ憲法の修正第一条から十条までは、個人の権利を大幅に保障したもので、まとめて「権利章典」と呼ばれる。ここにわれわれは作者パレツキー自身の強い思いを感じることができるだろう。

小説のなかでウォーショースキーはシカゴの名門一族の暗い過去を探り出し、犯人を特定する。しかし、サダウィを守り切ることはできない。犠牲になる彼の姿に、読者はアメリカが失ってしまったものを痛切に感じずにいられないはずだ。

『沈黙の時代に書くということ』

パレツキーは「真実と嘘とダクトテープ」（"Truth, Lies, and Duct Tape"）というエッセイで、『ブラック・リスト』を書いた経緯と、そのとき9・11直後の風潮に強い懸念を抱いていたことを明かしている。このエッセイは、『沈黙の時代に書くということ』（*Writing in an Age of Silence*, 2007）という彼女の自伝的エッセイ集に収められている。

それによれば、彼女は9・11テロ事件が起きたとき、ちょうど『ブラック・リスト』を書き始めたところだった。しばらくはショックで何も書けず、執筆を再開したとき、無意識に9・11の話題を避けようとした。そして一九五〇年代の赤狩りに端を発する犯罪を構想していったのだが、書き進むうちに、「周囲の世界に対する私の恐れが物語のなかに、さまざまな形でしみ込んできた」（原文一三三頁）という。その一つの形として、警察機関がウォーショースキーを無理やり黙らせようとする場面が生まれたのだ。

彼女の「恐れ」とはつまり、アメリカという国家が国民の自由を侵害し、言論を弾圧し、監視を行っていることへの恐れである。彼女は現在のアメリカ政府が「憲法のまさに精神であり骨であるものに違反している」（原文一一一頁）として、その例を挙げていく。たとえば、愛国者法によって、図書館は貸出記録やインターネット使用記録など、利用者に関する情報を提出しなければならなくなった。ネットで外国語のサイトを調べていたというだけで逮捕された図書館利用者がいた。ネットでジョージ・W・ブッシュを批判したために逮捕されたり、尋問を受けたりする者がいた。国家安全保障局は令状なしで国民の盗聴を行っており、それを暴露した新聞の編集者は殺しの脅迫を受けた……。

こうした恐れは、彼女が赤狩りの一九五〇年代を体験していることから来るという。彼女が育ったカンザス州のローレンスという地方都市では、「ローレンスとアメリカを共産主義から守れ、というのが地方の強迫的な観念」（原文一二七頁）だった。ソ連の歴史について博士論文を書いていた高校教師が辞職を迫られた。共産主義者以外に、ロシアのことを学ぼうとするやつなんているわけはない、というわけだ。高校生が宗教復興運動に参加するよう強制されたとき、それに反対したパレツキーの両親は激しい非難を浴びた。

彼女の父方の祖父はポーランド系のユダヤ人で、宗教的な迫害を逃れてアメリカに渡った。アメリカの自由と平等の理念は、彼女の一家にとって希望の星だった。それだけに、一九五〇年代のアメリカと9・11後のアメリカは、その理念を見失った全体主義国家として映ったのである。

パレッキーは、「小説とは一つの形の真実を与えられるものだ」（原文一一八頁）と言う。それは、調査されたニュースの真実ではなく、注意深く探究された感情の真実である。また、本はわれわれのガイドであり、支えである。本は、自由を信じているのがわれわれだけでないことを教えてくれる。「われわれの自由を保つ唯一の方法はしゃべることであり、邪悪な法律や群衆の叫び声によって沈黙させられるのを許さないこと」（原文一三四頁）なのである。

もっとも、このように一九五〇年代のアメリカと9・11後のアメリカとを重ねているところが、ペッパーの『ブラック・リスト』批判を招くことになった。時代の変化、9・11後の特殊性に目を向けていない、ということだ。たとえば、サダウィがエジプトからアメリカに来た事情はまったく追究されない。サダウィが通っていたモスクから過激派が出たというが、これらも完全に背景にとどまっている。

とはいえ、国際的なスパイをずっと描いてきたル・カレのような視点をパレッキーに求めるのは酷だろう。『ブラック・リスト』は9・11後のアメリカ国内の異常な雰囲気を、真に迫る形で描いているとは言えるはずだ。そして、そのなかで自由を求める作者の熱い思いを読者は感じ取る。従来の枠組みでは描き切れない限界も含め、『ブラック・リスト』は9・11文学の一つとして避けては通れない作品と言えるのではないか。

『ワールド・オブ・ライズ』

二〇〇一年以降に発表されたスパイ小説は、9・11の影響から無関係でいられない。たとえば、オレン・スタインハウアーの「ツーリスト」シリーズ、『ツーリスト』(Olen Steinhauer, *The Tourist*, 2009) と『ツーリストの帰還』(*The Nearest Exit*, 2010) は、9・11前後で世界が大きく変わったことが物語の前提となっている。主人公のミロ・ウィーヴァーは、「ツーリスト」と言われるCIAの秘密任務に疲れ果てていたときにテロ事件が起き、それをきっかけに家庭人として生きようとする。ところが、9・11後の世界で各国の諜報機関の関係が変わり、CIAは他国の諜報機関との良好な関係を保つために、彼らの要請に従って犯罪まがいのことまでやるようになる。この二作は、ミロ・ウィーヴァーがこうしたミッションに巻き込まれ、格闘する姿を描いている。

「ツーリスト」シリーズにおける9・11はあくまで背景だが、9・11後のアラブ世界とC

IAとを描いている点でより重要と思われるのが、デイヴィッド・イグネイシアスの『ワールド・オブ・ライズ』（David Ignatius, *Body of Lies*, 2007）である。一九五〇年生まれのイグネイシアスは『ワシントンポスト』紙で国際問題を扱うジャーナリストとして活躍しながら、スパイ小説をこれまでに七冊発表している。CIAに対して寛容すぎると批判されることも多いが、『ワールド・オブ・ライズ』ではCIAの暗部にも踏み込んでいる。

主人公のロジャー・フェリスはジャーナリストからCIAの局員に転身した男で、テロ撲滅という使命感をもって中東で仕事をしている。彼はヨルダン情報局長官のハニ・サラームや、情報提供者として使っているアラブ人たちとも信頼関係を築き上げようとするが、彼の上司であるエド・ホフマンはその関係を踏みにじるような命令を相次いで出す。ホフマンはアラブ人をはなから信用しておらず、アラブ人側に犠牲が出ることを何とも思っていない。そのため、フェリスは情報提供者を失い、サラームからは裏切り者と罵《ののし》られる。

続いてフェリスはアルカイダを内部から崩す案を思いつく。スレイマンと呼ばれるアルカイダの大物テロリストをCIAのスパイであると思わせ、アルカイダに疑心暗鬼の種を植えつけるのだ。そのため狂言の爆破事件を計画、テロとまったく関係のないヨルダン人の建築家をテロリストに仕立て上げ、偽のＣＩＡ局員の死体をスレイマンとの通信記録とともにテロリストたちの鼻先にぶら下げる……。

ここでも焦点となるのは、ＣＩＡの強引な捜査が無駄な犠牲を生み、アラブ人たちとの信頼関係を壊していることだ。この小説はリドリー・スコット監督、レオナルド・ディカプリオ（フェリス）、ラッセル・クロウ（ホフマン）主演で映画化されたが、ホフマンの家庭人としての面を強調することで、他人の犠牲を顧みない身勝手さがいっそう鮮明になった。また、原作とは違い、テロリストに仕立てられた建築家が残虐に殺されることで、ＣＩＡの作戦の非人道性も強調されている。とはいえ、フェリスの行動が英雄的に描かれているのはどちらも同じで、読者（観客）はフェリスを応援する思いで物語を追うはずだ。

『メディアとテロリズム』（*Media and Terrorism*）という論文集所収のオリヴァー・ボイド＝バレット、デイヴィッド・ヘレラ、ジム・ボーマンの共著論文「ハリウッド、ＣＩＡ、そして〝対テロ戦争〟」（Oliver Boyd-Barrett, David Herrera, and Jim Baumann, "Hollywood, the CIA and the 'War on Terror'"）は、二〇〇〇年から二〇一〇年までのハリウッド映画におけるＣＩＡの描かれ方を検証し、その一つとして『ワールド・オブ・ライズ』を取り上げている。彼らは概してこの時期の映画によるＣＩＡの表象に批判的で、アメリカの外交政策やＣＩＡの戦略が批判的に描かれても、主人公の英雄的な活躍で帳消しにされてしまうことが多いと述べているが、これはまさに『ワールド・オブ・ライズ』に当てはまるだろう。また、この映画については「アメリカ・アラブ関係の文脈や歴史にまったく触れていない」（原文一二六頁）ことも批判している。

ボイド＝バレットらは結論で、この時期の映画は結局のところアメリカの外交政策に好意的なものが多く、監視活動や極秘作戦の常態化に貢献していると批判している。また、世界を見る視点が必ず西洋側に偏っており、アラブ側への視点が欠如していることも指摘する。これは本章で取り上げた犯罪小説やスパイ小説の多くにも言えることだろう。

とはいえ、他者の姿をどこまで描けるかは難しいところだ。共感を呼び起こすような描き方を模索すべきだが、「真実の姿」にたどり着くことは容易ではない。イスラム教徒の姿がいかに描かれているかは、やはりイスラム教徒が自らをどう描いているかに目を向けなければならないだろう。それについては次章で扱いたい。

ここで取り上げた犯罪小説やスパイ小説の多くは、９・11後の世界の激変を踏まえて、アメリカ社会の変化や諜報機関の問題点に鋭く踏み込んでいる。こうした作品に通底するのは、自由と平等といったアメリカの基本理念からアメリカ社会が離れていくことの恐れだ。アメリカ国民に本来の基本理念を思い出させ、そこから逸脱する権力者側に批判的な目を向けさせること。読者の多いエンターテインメント小説だからこそ、そこには大きな価値がある。

＊1　グリーンウォルド『暴露』とハーディング『スノーデン・ファイル』を参考にしている。

本章で扱ったおもな文学作品

Eisler, Barry. *Inside Out*. 2010. New York: Ballantine Books Mass Market Edition, 2011.

Ignatius, David. *Body of Lies*. New York: Norton, 2007.（デイヴィッド・イグネイシアス『ワールド・オブ・ライズ』有沢善樹訳、小学館文庫、二〇〇八年）

le Carré, John. *A Most Wanted Man*. London: Hodder, 2009.（ジョン・ル・カレ『誰よりも狙われた男』加賀山卓朗訳、早川書房、二〇一三年）

Paretsky, Sara. *Blacklist*. 2003. New York: Signet, 2004.（サラ・パレツキー『ブラック・リスト』山本やよい訳、早川書房、二〇〇四年）
Paretsky, Sara. *Writing in an Age of Silence*. London: Verso, 2007.（サラ・パレツキー『沈黙の時代に書くということ』山本やよい訳、早川書房、二〇一〇年）
Steinhauer, Olen. *The Tourist*. New York: Minotaur Books, 2009.（オレン・スタインハウアー『ツーリスト（上・下）』村上博基訳、ハヤカワ文庫、二〇一〇年）
Steinhauer, Olen. *The Nearest Exit*. New York: Minotaur Books, 2010.（オレン・スタインハウアー『ツーリストの帰還（上・下）』村上博基訳、ハヤカワ文庫、二〇一三年）
Winslow, Don. *The Power of the Dog*. New York: Vintage, 2006.（ドン・ウィンズロウ『犬の力（上・下）』東江一紀訳、角川文庫、二〇〇九年）

その他参考資料

Boyd-Barrett, Oliver, David Herrera, and Jim Baumann. "Hollywood, the CIA and the 'War on Terror.'" in *Media and Terrorism: Global Perspectives*. eds. Des Freedman, Daya Kishan Thussu London: SAGE, 2012.
Franklin, H. Bruce. *War Stars: The Superweapon and the American Imagination* (Revised and expanded edition). Amherst: University of Massachusetts Press, 2008.（H・ブルース・フランクリン『最終兵器の夢――「平和のための戦争」とアメリカSFの想像力』上岡伸雄訳、岩波書店、

二〇一一年）
Pepper, Andrew. "Policing the Globe: State Sovereignty and the International in the Post-9/11 Crime Novel." *Modern Fiction Studies,* Volume 57, number 3, Fall 2011.
グリーンウォルド、グレン『暴露　スノーデンが私に託したファイル』田口俊樹・濱野大道・武藤陽生訳、新潮社、二〇一四年
スコット、リドリー『ワールド・オブ・ライズ』（ＤＶＤ）ワーナー・ホームビデオ、二〇〇九年
ハーディング、ルーク『スノーデン・ファイル　地球上でもっとも追われている男の真実』三木俊哉訳、日経ＢＰ社、二〇一四年
ビグロー、キャサリン『ゼロ・ダーク・サーティ』（ＤＶＤ）ハピネット、二〇一四年

第四章　ステレオタイプに抵抗する——イスラム教徒をめぐる物語たち

「パキスタン生まれでアメリカ永住権をもつ二十四歳のアンサール・マームードは、ハドソン川を背景に自分の写真を撮ってくれと通行人に頼みましたが、それを見た近くの検問所の警備員が警察に通報しました。というのも、写真には水処理工場が含まれていたからです。マームードがテロを計画していたという証拠はFBIもまったく見つけられませんでしたが、調査の結果、彼がビザの切れた友人たちを支援していたことがわかりました。そのため、彼は不法移民をかくまった罪に問われることになりました……」

（中略）

「マームードは今日、バテイヴィアの連邦拘留所に拘束されていますが、強制送還されないように戦っています。彼は単純に、間違った時期に間違った場所にいただけなのです――」

（*Home Boy*　原文一一五〜一一六頁）

これは、パキスタン人の作家、H・M・ナクヴィの小説『ホームボーイ』（H.M. Naqvi. *Home Boy*, 2009）の一節である。物語では、9・11直後、アメリカに住むパキスタン人の若者三人がテレビを見ていると、このようなニュース報道が流れている。マームードは実在する人物で、実際ここに書かれているような目にあった。三年後の『ニューヨークタイムズ』紙には次のような記事がある。

テロ行為の容疑で二〇〇一年の秋に拘束されたパキスタン系移民が、金曜、強制送還された。彼はニューヨーク州のハドソン近郊にある水処理工場付近を撮影しようとして、拘束されていた。

アンサール・マームード（二十七歳）は木曜、ニューヨーク州バテイヴィアのバッファロー連邦拘留所からケネディ国際空港に送られ、パキスタン行きの民間航空機に乗せられた。

マームード氏の強制送還により、三年間に及ぶ法的闘争は終わりを告げたが、その間、彼は平和論者や数人の上院議員の支援を受けていた。彼らは、マームードが不必要に厳密すぎる移民法の犠牲者だと述べている。

（二〇〇四年八月十四日、"Man Arrested Over Photos After 9/11 Is Deported"）

(http://www.nytimes.com/2004/08/14/nyregion/man-arrested-over-photos-after-9-11-is-deported.html)

9・11後、イスラム教徒を敵視する風潮が全米に広まり、多くのイスラム教徒が謂れなき迫害を受けたり、テロリストと疑われて強引な捜査を受けたりした。マームードのように、テロ行為の証拠はまったくなくても拘束され、強制送還される例もあった。

こうした風潮を、アメリカで暮らしている多くのイスラム教徒の作家たち、あるいは中東や南アジアの出身者たちが描いている。ナクヴィの『ホームボーイ』もその一つだ。9・11によって、アメリカにいるイスラム教徒たちの生活環境がいかに激変したか。まずは『ホームボーイ』を例にして見ていきたい。

『ホームボーイ』

H・M・ナクヴィは一九七四年、パキスタンに生まれた作家である。父親が外交官で、幼少期よりイスラマバード、アルジェリア、ニューヨークなどで過ごし、英語とウルドゥー語を話すようになった。アメリカのジョージタウン大学で経済学と英文学を学んだのち、一九九七年よりニューヨークの世界銀行に勤務。そのときに9・11テロ事件に遭遇した。その後、ボストン大学で創作を学び、二〇〇九年、『ホームボーイ』がアメリカで出版されて小説家デビュー。二〇一一年、同作でDSC南アジア文学賞を受賞した。
『ホームボーイ』は次のような文章で始まる。

俺たちはジャップになった、ユダ公になった、ニガーになった。前はそうじゃなかった。俺たちは自分たちをプレイボーイ《ブールヴァルディエール》、話し上手《ラコントゥール》、ルネッサンスの男たちと考えていた。ACとジンボーと俺。俺たちはだいたいにおいて自分を発明し、作り上げた男たちだった。偉大な地球規模の弁証法のリズムを正確につかんでいると確信していた。
（原文一頁）

このように『ホームボーイ』は、いきなり人種差別的な用語（Japs, Jews, Niggers）の羅列で読者にショックを与える。これは、主要な登場人物三人のショックでもある。彼らはみなパキスタン系の若者だが、自分たちが差別される側であるという意識はまったくなかった。それが9・11によって、唐突に変わってしまったのだ。

この三人とは、ACことアリ・チャウドリー、ジンボーことジャムシェド・カーン、そして語り手であるチャックことシェーザッド。ACは移民としてアメリカに来たのに対し、ジンボーはアメリカ生まれのアメリカ育ちで、親が移民一世である。チャックは四年前に大学入学のためにパキスタンのカラチから来て、三年で卒業し、卒業後もニューヨークで仕事をしている。このように素性はさまざまながら、共通しているのは、彼らがニューヨークでの生活にすっかり溶け込み、自分たちを「この町の仲間《ホームボーイ》」と考えている点である。

イスラム教徒のアメリカ人の小説を読むと、自分たちを模範的な市民として描いている場合が多い。彼らは教養があり、知的な職業に就いている。それでも自分たちが異邦人として扱われているように感じ、割り切れない思いを抱くこともある。そして、9・11テロ事件をきっかけに、謂れなき差別を受けるようになる……。

それに対して、『ホームボーイ』の主人公たちは模範的とはほど遠い若者たちである。彼らはダウンタウンのクラブで派手に飲み、女性たちと自由に付き合い、ドラッグをやる。

パキスタン系の音楽も聞くが、ヒップホップも大好きで、ジンボーなどはDJとして稼いでいる。宗教的に敬虔とは言えず、食べ物についてもあまり気にしていない。

この小説の面白さは、まず一人称の語りのリズムだろう。ヒップホップを思わせるような若者の会話、大衆文化の要素などをふんだんに取り込みながら、ニューヨークでの生活を描いていく。そこにニュースからの断片も差し挟まれ、時代の雰囲気が伝えられる。二十一世紀のニューヨークを描く優れた風俗小説と言えるだろう。

差し挟まれるニュースのなかで特に衝撃的なのは、9・11を真珠湾になぞらえる報道だ。チャックは、モロッコ人が経営するニューススタンドで新聞や雑誌を拾い読み、『ニューヨークポスト』紙にこんなコラムを見つける――「この想像しがたい二十一世紀の真珠湾への反応は単純かつ迅速であるべきだ。悪いやつらを殺せ」（原文五二頁）。これは、実際に九月十二日に掲載された記事からの抜粋だ。こうした報道に煽られる形で、アメリカは戦争へと突き進んだ。そして、イスラム教徒たちは「ジャップ」となった。それをチャックは予感しているのである。

「ファック・ザ・ポリス」

このようにチャックらの生活は9・11テロ事件で激変する。事件後、一週間ほどしてからダウンタウンに繰り出すが、ゴーストタウンのような静けさに愕然《がくぜん》とする。酒場に行けば、「アラブ人め」とからまれ、喧嘩《けんか》になる。チャックは「アラブ人」と呼ばれたのが初めてであることに気づく（言うまでもなく、パキスタン人はアラブ人とは人種が異なる）。

続いて三人はシャーマンという知り合いのパキスタン人の家に行こうとして、警官に尋問される。彼らは自分たちの茶色い肌を意識し、罪人であるかのように感じたのは初めてだと思う。解放されてから、ACはヒップホップの代表的なグループ、N・W・Aの「ファック・ザ・ポリス」を口ずさむ。

コネティカットのシャーマンの家にたどり着いても、シャーマンはいない。シャーマンは彼ら三人の遊び仲間で、新興の成金だが、9・11以降、姿を見せなくなっていたのだ。三人は家に忍び込んで、テレビをつける。章の冒頭に掲げたニュースを見るのはこのときだ。チャックはたまたま失業中だったので、ビザの更新ができない状態である。自分もアンサール・マームードのようになりかねない、と恐れを感じる。

シャーマンの家で、彼らは続いてブッシュ大統領の演説を聞く。これは、九月二十日の有名な演説だ。このなかでブッシュはまず、ユナイテッド航空九三便の乗客たち、トッド・ビーマーらの勇気を称え、救援活動にあたった人たちの労をねぎらう。また、イスラム教徒たちをかばい、テロリストたちはその教えに背いた者たちであると言う。そして全世界に対し、「私たちの味方につくのか、テロリストの味方につくのか」と決断を迫る。ACはここでもヒップホップ・グループ、アバブ・ザ・ロウの「フリーダム・オブ・スピーチ」を引用して毒づく。

そこにFBI捜査官が現われ、彼らはメトロポリタン拘留所に送られる。ここは「9・11後の最悪の虐待が起きた場」で、「アメリカのアブグレイブ」とも言われたところだ。ここでチャックは厳しい尋問を受け、権利を主張しても、おまえはアメリカ人ではないので権利もないと言われる。虐待と尋問が繰り返され、チャックの胸に怒りが湧《わ》き上がる。「ファック・ザ・ポリス」の歌が頭をめぐり、彼は初めて怒れる黒人たちの気持ちがわかったような気がする。イスラム教徒として一括《ひとくく》りにされ、ブッシュの言う「テロリストの味方」＝「アメリカの敵」と見なされてしまったことに気づくのである。

ナクヴィとの対話

作者自身がパキスタン人で、９・11のときにニューヨークにいたとなれば、同じような経験をしたのではないかと考えたくなる。愚問とは知りながら、どれくらいが実体験に基づいているのか、メールを通して作者に訊いてみた。

「計算してみたら、十四パーセントが自伝的でした」とナクヴィは最初冗談で答えながら、次のように付け足した。「三人の登場人物が基本的にみな私のペルソナの要素をもっていると考えています。と同時に、三人とも創造物であり、小説が進むにつれ立体的な人物になる。成功している小説では、読者が本を読み終わっても、主要な登場人物が読者のもとにとどまり続けるものですから、私もチャック、ＡＣ、ジンボーをそのように考えたいのです」

さらに付け加えてくれたのは、「作品に反映されている不安」についてだった。それは、弟がＦＢＩに尋問されたことと、友人を９・11で失ったことから来るという。

では、彼自身は、『ホームボーイ』で描かれているような尋問や虐待は経験していないのだろうか？

「すべての茶色い肌の男と同様に、私もアメリカに入国しようとするたびに面倒なことになります。入国審査の別室に三時間も四時間も監禁され、いつでも怒っている役人たちから厳しい追及を受けるのです。たとえば、親戚すべての住所を書かなければなりませんでしたし、クレジットカードの情報も提出しました。ですから、彼らは私のすべての購入記録をたどることができるのです」

小説の最後で、主人公のチャックは釈放されたものの、すべてに疲れ、パキスタンに帰国する決意をする。そして、シャーマンがワールドトレードセンターで死んだことを知り、マットを広げ、その上で祈る。イスラムへの回帰が仄《ほの》めかされた、感動的な結末だ。

ナクヴィ自身も現在パキスタンのカラチに住んでいる。チャックと同じように感じたのだろうか、という質問に、必ずしもそうではないという答えが返ってきた。確かに9・11のあとでパキスタンに帰ったが、そのあとまたアメリカにも戻っている。ただ、カラチが好きなんだよ、と。そのカラチを舞台にした小説を現在執筆中だという。

では、この時代に文学はどんな力をもち得るのか、最後に訊ねてみた。

「文学はルポルタージュを補完し、現実を具体化することができます。ニュースはニュースです。一日か二日しか寿命がありません。文学は永遠に残るのです」

イスラム教徒の苦境

9・11テロ事件に対して、アメリカ司法省はすぐに実行犯とつながる人物の追及を始めた。そのためにまずやったことは、起訴することなく移民を拘束できる期間を延ばしたことだった。その結果、多くのイスラム教徒たちが理由も知らされず、弁護士と話すことも許されずに拘束され、厳しい尋問を受けた。彼らが拷問を受けたという話も伝わってきた。9・11直後で千二百人が拘束され、五千人以上が尋問を受けたという。

政治学者のジェレミー・D・マイヤー教授（ジョージ・メイスン大学）は、『9・11――巨人の目覚め』（Jeremy D. Mayer, *9-11; The Giant Awakens*, 2003）のなかの一章で、この時期の市民的自由の危機について触れている。これは学生向けに書かれており、9・11後の政治的・法的問題点について学生に議論を促すための本だ。そのなかでは、上記のような事実とともに、具体例も挙げられている。永住権をもつヨルダン人、オサマ・アワダラーは、三か月監禁され、殴る蹴るの暴行を受けた。パキスタン国籍でヒューストンに叔母と住むハスナイン・ジャヴェドは、アラバマ州でバスから引きずりおろされ、ミシシッピ州の刑務所に収監された。彼は二十分間、ほかの囚人から暴行を受け続け、それを看守はただ見ていた。裸にされて暴行を受け、肋骨は折れ、歯は欠けたという。

二〇一二年にマイヤー教授と言葉を交わす機会があり、オバマ政権の対応について訊いてみた。ブッシュ政権時と比べて変わっただろうか？

「オバマが拷問をやめさせたことは評価します。ただ、監視やその他の問題については、大きな変化はありません。それから無人機攻撃が増えているのは問題です。ＣＩＡの拘留所も閉鎖されていないようですよね。これは秘密裏の拘留を禁じる国際法に違反していますす」

続いて学生の授業での反応について訊ねてみた。特にイスラム教徒の学生はどういう反応をしたのだろう？

「9・11直後、アメリカでイスラム教徒として生きることは大変なことでした。学生たちもその苦労を体験していましたね。ヒジャブ（※女性イスラム教徒が髪を隠すためのスカーフ）をちゃんと身に着けている一人の女子学生は、自分が特に選び出され、責められているように感じると授業で言っていました」

マイヤー教授は『9・11——巨人の目覚め』の市民的自由の危機についての章を、「テロで犠牲となったもののなかには、アメリカ人が生得権として享受してきた広範な自由とプライバシーがあった」と締めくくっている。

『コウモリの見た夢』

『ホームボーイ』と同じように、アメリカで大学教育を受けたパキスタン人の若者を描いた作品にモーシン・ハミッドの『コウモリの見た夢』（Mohsin Hamid, *The Reluctant Fundamentalist*, 2007）がある。9・11とその余波によって主人公がアメリカに幻滅し、パキスタンに帰る点も同じだ。ブッカー賞の最終候補になり、日本語にも訳されたので、『ホームボーイ』よりも知られていると言ってよいであろう。どのような作品なのか、作者の経歴とストーリーから見ていこう。

作者のハミッドはパキスタンのラホールで一九七一年に生まれた。父親は大学教授で、アメリカのスタンフォード大学で博士号を取得したという知的エリートである。彼自身もプリンストン大学で創作を学び、さらにハーバードのロースクールで学んでから、しばらくニューヨークのコンサルタント会社で働いた。その後、ラホールの銀行員が転落していくさまを描いた *Moth Smoke*（二〇〇〇）で作家デビュー。『コウモリの見た夢』は長編第二作である。

物語の特徴は、パキスタン人の語り手が、ラホールを訪れたアメリカ人観光客に対して身の上を語るという形を取っている点である。ときどきアメリカ人が不安がっている様子がうかがえるが、語り手はほぼ一方的に語り続ける。

語り手のチャンゲーズは、作者とかなり似た経歴の持ち主である。ラホールの旧家に生まれ、プリンストン大学に留学。とはいえ、パキスタンの経済の悪化で実家は財産をどんどん失い、彼はアルバイトを掛け持ちしながら大学に通った。優秀な成績で卒業後、企業格付けを行うニューヨークの一流企業に入社。大学時代に知り合ったアメリカ人の恋人エリカもいて、明るい未来が開けているように見えた、その矢先、9・11テロ事件が起こる。

彼は出張先のマニラでワールドトレードセンター倒壊の映像を見て、思わず笑みを浮かべ、喜びを感じてしまう。それは、「このすべての象徴的な意味合いに心を奪われたからであり、つまり誰かがこんなにはっきりとアメリカを跪《ひざまず》かせたという事実のため」（原文七三頁）である。ようするにアメリカに無意識に抱いていた反感がこのとき表面に現われたのだ。

この反感はその後の展開によって増幅する。マニラからアメリカに入国する際、会社の仲間のなかで彼だけ別室で取り調べを受ける。ニューヨークでは至るところで国旗が翻り、「われわれはアメリカだ」と宣告しているかのようだ。この愛国主義の高揚にも彼は違和感を抱かずにいられない。さらにアフガニスタンへの攻撃が始まり、彼は激しい怒りを感じる――「アフガニスタンはパキスタンの隣人であり、友人であり、同じイスラム教国だ。これはあなたの国による侵略としか取れないし、それを見て僕は怒りに震えました」（原文一〇〇頁）。通りすがりの者から「クソ野郎《ファッキング》のアラブ人《アラブ》め」と言われたときは、思わずカッとなって、喧嘩しそうになる。

彼にはもう一つ、屈辱的なことが起きる。エリカには幼馴染《おさななじみ》のクリスという恋人がいたのだが、大学三年のときに亡くなった。彼女は彼の死を完全に乗り越えられていない。チャンゲーズと抱き合っても、体が応じず、見かねた彼は「僕をクリスだと思えばいい」と言う。こうして愛を交わすことはできるが、彼には満足感以上に恥ずかしさが残る。また、エリカは精神的に混乱し、クリニックに収容され、やがて自ら死を選ぶ。

こうして彼はイスラムへの回帰に向かう。ラホールの実家に帰り、それまではみすぼらしく感じていた家が、独特の魅力を放っていることに気づく。それは歴史に溢れているからこその魅力だ。彼は鬚を生やすようになり、アメリカの会社は辞職、パキスタンに戻る。そして、大学で教えながら、反米活動をする……。

この小説の原題は *The Reluctant Fundamentalist*、つまり「不本意な原理主義者」といった意味である。一つには、主人公がアメリカの会社で「基本的《ファンダメンタル》なことに集中しろ」と言われているところから来る。しかし、それ以上に、彼が心ならずも原理主義者に近づいていくことを指しているのだろう。

とはいえチャンゲーズは、『ホームボーイ』の主人公のような虐待を受けたわけではない。アメリカでいい暮らしを約束されている知的エリートである。エリカに対して白人の恋人を演じたという屈辱はわかるが、それはエリカの人種的偏見から来るというより、恋人の死を乗り越えられていないことから来ているはずだ（この部分、村上春樹を読んできた日本の読者にとって、エリカとの経緯はかなり『ノルウェイの森』を思い出させる）。いずれにせよ、彼がイスラムに回帰する理由の説明は今一つ弱い。もっとアメリカとイスラム世界との歴史的関係、それを踏まえたアメリカ人の人種偏見などが見えてこないといけないのではないだろうか。

アッバス准教授とハミッド

ラトガーズ大学で出会った若き文学研究者、サディア・アッバス准教授とこの作品について話す機会をもてた。彼女はパキスタンに生まれ、アメリカの大学で学位を取り、アメリカで研究・教育生活を送っている。これまで「国境を越えたイスラム教徒の小説」、「宗教と文学」、「ポストコロニアル理論と文学入門」といった授業を行ってきた。彼女はこうした研究の成果を二〇一四年、『自由の限界で——イスラムとポストコロニアルの苦境』(Sadia Abbas, *At Freedom's Limit: Islam and the Postcolonial Predicament*) という研究書にまとめている。『コウモリの見た夢』も授業で取り上げたことがあるというので、意見を訊いてみたのである。

「この小説は、メディアが描くようなイスラム教徒像を描いていて、そこが物足りない点です。つまり、西洋社会で認められない不満、白人女性に対して白人の恋人の振りをしなければいけないという不満、こうしたものが原理主義者になる理由のように説明されています。でも、これは9・11を起こした狂信者たちの理由とは違います。歴史的な説明がないのです。イスラム教徒の知的エリートのポートレートとしてはいいと思いますけど」

一方、この小説の面白さは語りにあると言う。

「第三世界の人々は、西洋人の語りに耳を傾けるように仕向けられてきたわけですが、それが逆になるのです。彼が一方的にしゃべって、アメリカ人が聞く。小説で起こることはすべて、彼を通して枠組みが与えられています。他者の言語に囚《とら》われるとはどういうことかの探究。自分から枠組みを与えることで、西洋の枠組みの物語に対応しようとしているのです。そこは素晴らしいですね」

主人公がどの程度原理主義運動に加担しているのかは最後までよくわからない。自分は暴力を嫌っていると彼は言い続ける。しかし、彼の話を聞かされているアメリカ人はだんだん不安になっていく。その不安が伝わってくるところが一つの面白味だ。

ハミッド自身はインタビューで、この小説を9・11以前から構想していたと言う。ニューヨークの会社で働くパキスタン人が、ニューヨークを愛しているにもかかわらず、パキスタンに帰る決断をする。そういう物語を最初は考えていたが、第一稿を完成させてから三か月後に9・11テロ事件が起き、すべてが変わった。ハミッドは何度も草稿を書き直し、二〇〇五年に現在のような物語に落ち着いた。さらに推敲《すいこう》を重ね、古い伝統に誇りをもつパキスタンの知的エリートの語りの声に限定することにしたと言う（"Mohsin Hamid talks about *The Reluctant Fundamentalist*"）。

（http://www.penguin.com.au/lookinside/other/9780241143704/Interview.pdf　※二〇一五年十二月現在、リンク切れ）

別のインタビューでハミッドは「小説家の核となる技術は共感を呼び起こすことです」と語っている。「他人がどう感じるか想像する能力ですね。世界が現在苦しんでいるのは、共感に欠けているからだと思います。オサマ・ビン・ラディンもジョージ・W・ブッシュも、その政治的立場は、共感の欠如に基づいています。自分とは異なると思われる人に対する同情に欠けているのです。しかし、アメリカを愛しているとともに、アメリカに対して怒りを感じている人物の内面に読者を引き込み、この男が感じていることを読者に感じさせることで、私は世界が複雑であることを示せたらと思っています。世界は、政治家や新聞が通常そうであると思わせているのよりもずっと複雑なのですから」(“Interview with Mohsin Hamid”)
(http://www.harcourtbooks.com/reluctant_fundamentalist/interview.asp)

イスラムとイスラミズム

「私が育った一九七〇年代、パキスタンはまったく違った場所でした」

サディア・アッバス准教授は続けて歴史的な背景を説明してくれた。

「なぜ変わってしまったかは、原理主義者たちによってなのですが、それはアメリカが彼らに資金提供したことに大きな原因があります。ムハンマド・ジア＝ウル＝ハク(一九二四〜八八)の軍事独裁政権ができて、アメリカから資金をもらい、アフガニスタンでソ連と戦いました。ＣＩＡがたくさん入り、パキスタンの情報機関に資金を供給して、このとき左翼は完全に倒されました。イスラミズム対マルキシズムという構図になったのです」

このときアメリカがオサマ・ビン・ラディンにも資金提供し、アフガニスタンと戦わせたことはよく知られている。パキスタンのジア＝ウル＝ハク政権はビン・ラディンらムジャーヒディーン（イスラム戦士）に軍事訓練をした。こうしたことが９・11の遠因になっているのだ。イスラム世界以外の人々にもある程度知られているが、アッバス准教授らパキスタンの人々は身をもって体験してきているのである。

「イスラムとイスラミズムとは違います。イスラミズムは政治的な運動で、右傾化・過激化したジハーディズムです。伝統的なイスラム教徒はこういう政治的な運動と対立しています。イスラム教徒の作家たちはその違いがわかっています。授業でまず教えるのは、二種類の戦いがあるということですね。西洋の帝国主義との戦いと、イスラムの原理主義との戦いです」

『コウモリの見た夢』にはこうした戦い、その背景となる歴史が描かれていない。アッバス准教授が不満に感じるのはその点なのだ。

こうした背景をきちんと描いている作品としてアッバス准教授が挙げたのが、ナディーム・アスラムの『ウェイスティッド・ヴィジル』(Nadeem Aslam, *The Wasted Vigil*, 2008)であった。作者はイギリスで活動するパキスタン人。小説の舞台はおもにアフガニスタンで、主要登場人物はイギリス人、ロシア人、アフガニスタン人、そしてアメリカ人と、実に多様である。こうした人物たちを通して、9・11に至るまでの状況、その後の状況をたどるとともに、テロを実行する者たちの心情にも踏み込んでいる。

作者のインタビュー記事も参考にしながら、以下にその内容を紹介したい。

『ウェイスティッド・ヴィジル』

ナディーム・アスラムはパキスタンのラホール近郊の町に一九六六年に生まれた。父は詩人で映画製作者、母方は工場を経営する敬虔なイスラム教徒の家系だったという。十四歳のとき、共産主義者の父親はジア＝ウル＝ハクの軍事政権を逃れて国外に出ることを決意。家族はイギリスのウェストヨークシャーに移住し、アスラムはマンチェスター大学で生化学を学んだのち、小説を書き始めた。パキスタンの田園地帯を舞台にした *Season of the Rainbirds*（一九九三）でデビュー。第二作の *Maps for Lost Lovers*（二〇〇四）、第三作の『ウェイスティッド・ヴィジル』、第四作の *The Blind Man's Garden*（二〇一三）など、どれもパキスタンの軍事政権や9・11が個人に及ぼした影響を扱っている。なかでも『ウェイスティッド・ヴィジル』は、三十年にも及ぶ長いスパンで欧米諸国とパキスタン、アフガニスタンの関係を捉え、そのなかで翻弄《ほんろう》される人々を描いた物語である。

物語の舞台はおもに9・11から数年後のアフガニスタン。ロシア人の女性ララがアフガニスタンに暮らすイギリス人の老人マーカスを訪ねるところから始まる。マーカスはもともと医者で、一九七九年のソ連侵攻以前は香水の工場を経営し、土地の人々に仕事を提供するとともに、教育も施していた。アフガニスタン女性のカトリーナと結婚し、ザミーンという娘もいた。ところが、彼の運命はソ連の侵攻で一変する。当時十七歳のザミーンはソ連兵に連れ去られ、強姦《ごうかん》されて息子を産み、その息子とともに行方がわからなくなった。ララはザミーンを連れ去ったソ連兵の妹で、行方不明の兄の消息を追って、マーカスの家にたどり着いたのである。

マーカスの家は、イスラムの文字や絵が飾られたエキゾチックな空間で、近くから発掘された仏像の頭も転がっている。そのどちらも、タリバンが非イスラム的と見なして、破壊しようとしたあとがある。天井には何百冊もの本が釘づけにされ、昔の名残の香水の匂いがし、地域の精霊の雰囲気も感じられる。そこにマーカスとララだけでなく、元CIA工作員のデイヴィッド・タウン、傷を負ったイスラム戦士の青年カサ、タリバンから身を隠している若き女性教師のドゥニアなども加わって、複雑にからみ合うことになる。詩的な文体で濃密な空間と人間関係を描写しつつ、次第に真相を明らかにしていく手法は見事で、文学的完成度はこれまで挙げた二作より高いと言ってよいだろう。

ところが、次第に明らかになる真相はあまりに悲惨なものである。ザミーンはビフザードという息子を産んだあと、デイヴィッド・タウンと愛し合うようになり、しばらく一緒に暮らしていたが、CIAの諜報活動に利用されて殺されてしまう。マーカスの香水製造や女性への教育はタリバンに「悪」と見なされ、迫害を受けるようになる。マーカスの所蔵していた本も焚書《ふんしょ》の憂き目にあいそうになり、それを恐れたカトリーナが本を釘で天井に打ちつける。そのカトリーナは「外国人と関係したふしだらな女」と見なされ、タリバンに公開処刑される。マーカス自身も左手を切り取られる……。

不正と戦う意識

一九七九年にソ連がアフガニスタンに侵攻したのは、共産主義政権を支援するためだった。それと戦うイスラム戦士たちにアメリカが資金や武器を供与し、その結果できたタリバン政権が国民を虐げた。しかし欧米諸国はそれを放っておき、ようやく9・11後にアメリカがタリバン政権を倒したものの、イスラム戦士たちの抵抗は続いている。『ウェイスティッド・ヴィジル』はこうした歴史の流れを、巻き込まれた個人の視点で追っていき、大量の流血の空しさを生々しく感じさせる。

もう一つ、この作品の価値は、内側から描かれたテロリスト像にある。孤児としてイスラム原理主義組織に育てられたカサは、イスラムの衰退は不信心者たちのせいだと教わってきた。幼い頃からカラシニコフを握り、十歳ですでに殉教を熱望していた。こうした者にとって、アメリカと戦うことは生き残るための手段にすぎない。その必死な思いは、ハイジャックされたユナイテッド航空九三便の乗客たちと同じだ、とアスラムは一人の登場人物に言わせている。カサは自分の素性を隠してマーカスの家に転がり込み、ドゥニアの先進的な考え方にショックを受け、彼女に心惹かれるのだが、彼の信条が覆ることはない。

こうした歴史的な展望や内部の視点は、もちろん作者アスラムが身をもって体験してきたからこそ得られたものである。BookBrowse のインタビューで彼は次のように語っている。

「一九八〇年代にアメリカとサウジアラビアがアフガニスタンのイスラム戦士たちに資金や武器の提供を始めたとき、パキスタンの私の家族や友人たちはその危険性に対して警告を発しました。イスラムの原理主義者たちに何十億ドルもの武器を渡すなんて危険だと指摘した人たちは、ほかにも多くいたのです。予想されたとおり、アフガニスタンの人々は恐怖に晒されることになるのですが、世界にそのことが伝わるのは何十年も経《た》ってからでした。二〇〇一年の九月十一日になってようやく、その結果がみなに知れ渡ることになったのです」

前述したように、アスラムの家族は軍事政権を逃れてパキスタンを出た。左翼的な思想をもつジャーナリストたちは、逃げなければ捕らえられていたのだという。彼の叔父も逮捕され、拷問を受けた。左翼思想はこのときパキスタンで根絶やしにされたのだ。

同時に、アスラムはこの作品のためにアフガニスタンに何度も赴き、詳しいリサーチをしたことも打ち明けている。テロリストの訓練キャンプに行ったことのある多くの若者たちと話をし、みな「イスラムが脅威に晒されている、自分たちの国が危機にある」と考えていることを知った。そのとき、彼らの心情はユナイテッド航空九三便の乗客たちと同じだと気づいたのだ。アスラムはこうした若者たちを自爆へと導くテロリストの指導者たちにこそ怒りを感じると言う（"An Interview with Nadeem Aslam"）。
(https://www.bookbrowse.com/author_interviews/full/index.cfm/author_number/1149/nadeem-aslam)

「芸術作品は不正と戦う強力な武器となり得ると感じずにはいられません」とアスラムは『グランタ』誌に寄せた「どこから始めるか」（"Where to Begin"）というエッセイで語っている。彼の作品の底に流れるのはこの「不正と戦う」強い意識である。

アラブ系アメリカ人の文学

ここまでパキスタン人の作品を見てきたが、9・11テロ事件がイスラム教徒に与えた影響を語るとき、アラブ人を避けるわけにはいかない。首謀者のオサマ・ビン・ラディンにしろ、実行犯たちにしろ、アラブ人だったのだから。アメリカでテロへの報復と称する暴力や迫害を受けたのも、おもにアラブ人たちだった。アラブ系の人々はどんな作品を書いているのだろうか？

一言でアラブと言っても、その世界は実に多様だ。アラビア語を使うアラブ人が多数派である国は二十数か国、少数派である周辺国も含めれば三十近い。イスラム教の聖地メッカはサウジアラビア、『アラビアンナイト』の舞台であるバグダッドはイラクにある。そのイラク国内でアラブ人とクルド人、イスラム教スンニ派とシーア派が対立していることもよく知られている。ほかの国々も多様な宗派や階級の人々が共生する地域である。

『モダン・フィクション・スタディーズ』誌の二〇一一年秋号「9・11後の小説」特集に寄せた論文「アラブ系アメリカ人の市民権の危機」（"Arab American Citizenship in Crisis: Destabilizing Representations of Arabs and Muslims in the US after 9/11"）で、自身もレバノン人のキャロル・ファダコンレイ（Carol Fadda-Conrey）シラキュース大学助教授はアラブ系アメリカ人の小説をいくつか挙げ、それらがいかにアラブ人というステレオタイプに抵抗しているかを見ている。9・11後のイスラム教徒を敵視する傾向のなかで、それらの小説はいかにアラブ人の多様性を主張し得ているか。いかに「良いイスラム教徒と悪いイスラム教徒」という二分法を覆しているか。

ファダコンレイがまず例として挙げているのは、レバノン系アメリカ人作家、ジョゼフ・ジーアの短編「一人ぼっちだけどみんな一緒」(Joseph Geha, "Alone and All Together")である。十代のレバノン系アメリカ人の姉妹が、9・11直後のアラブ人敵視に直面する物語だ。

大学を捜すためにニューヨークに滞在している姉のサリーと、シカゴに残っている妹のリビーは、9・11後、「アラブ人」として一緒くたにされることに恐れを抱き、周囲の目を気にするようになる。しかし、サリーはニューヨークでテロ犠牲者の追悼集会に参加し、リビーは知り合いのアラブ人少年がいじめられているとき、勇気を出して彼を守ろうとし、周囲の白人から支援を得る。こうしたことを通して、二人はアラブ人としてのアイデンティティを自覚しながら、ほかのアメリカ人たちとの連帯感も抱けるようになるのである。

この作品についてファダコンレイは、自分がこれまでに見たなかで唯一「楽観的な結末と肯定的な見解を示している」作品であるとしている。

アラブ系アメリカ人の若者がいかにアメリカ人としての自己、あるいはアラブ人としての自己を認識しているのか。そして、テロリストたちと同一視されることがいかにショックであるのか。それらは「一人ぼっちだけどみんな一緒」によく描かれている。勇気を振り絞って仲間を守ろうとするリビーの姿は感動的だ。とはいえ、現実はこんなものではなかったのではないか――もっと厳しかったのではないか――という疑問も抱かずにいられない。

ファダコンレイが挙げているほかの二作品は、また異なるアラブ系アメリカ人像を提示している。ムハジャ・コフの短編「アイオワのスパイシー・チキンの女王」(Mohja Kahf, "The Spiced Chicken Queen of Mickaweaquah, Iowa" 2004)と、レイラ・ハラビーの長編『かつて約束の地で』(Laila Halaby, *Once in a Promised Land*, 2007)である。

「アイオワのスパイシー・チキンの女王」

作者のムハジャ・コフは一九六七年にシリアのダマスカスに生まれ、四歳のときに家族とともにアメリカに移住したシリア系アメリカ人である。シリアの政治動乱が出国の理由らしいが、その事情は彼女の長編小説『オレンジ色のスカーフの娘』（*The Girl in Tangerine Scarf*, 2006）に扱われている。その後彼女はラトガーズ大学で比較文学の博士号を取得、現在はアーカンソー大学で教鞭《きようべん》をとりながら、創作活動を続けている。

「アイオワのスパイシー・チキンの女王」で扱われているのは、「アラブ系」と一緒くたにされがちな彼らの内部にあるギャップである。主人公のラナ・ロシェドはアラブ系アメリカ人の物理学者（博士）で、アイオワ州ミッカウィークワの原子力発電所で働いている。彼女はボランティアとして何かできるかというアンケートに「アラビア語の通訳」と書いたため、女性のシェルターでも働くことになる。まさかアイオワの田舎町にアラブ人がいると思わなかったのだが、オマーン人のムゼイヤンという女性がコンビニ店経営者の夫に暴力をふるわれたということで、シェルターに助けを求めにくる。

ラナがムゼイヤンから事情を聞いてみると、話の綻《ほころ》びがいろいろと見えてくる。たとえばムゼイヤンは「夫に首を絞められた」と訛《なま》りの強いアラビア語で言うが、よく聞くとそれは昨夜の話ではなく先週のことで、昨夜は彼女が夫の睾丸《こうがん》を蹴り、叫び声をあげたのは夫だったことがわかる。また、彼女がかつて夫を警察に突き出したため、親戚から非難されているという。ラナは、こういう無学なアラブ人と自分が同類に見られるのが嫌でたまらない。彼女も夫のエマド（心臓外科医）も、オマーンがどこにあるかさえ知らないのだ。

ラナもエマドも、シリア系アメリカ人のエリートの家に生まれ、高い教育を受けている。偶然知り合って結婚したが、同じシリア系のエリートの家系ということで、どちらの両親にとっても望みどおりの結婚だった。アイオワでは同じくエリートのアラブ系アメリカ人と知り合い、交際している。

一方、ムゼイヤンはフィラデルフィアの貧しいオマーン人コミュニティの出身である。訛りが強く、アラブの伝統に強く縛られている。そのため夫を起訴しなさいというシェルターの勧めに対して、それは恥ずかしいことだからと断わる。そういう考え方も、ラナには理解できない。しかし裁判でムゼイヤンは審理中泣き続け、「アラブの女性は従順でおとなしい」というイメージによって有利な判決を得る。

ちょうどそのとき、9・11テロ事件が起きる。テロの容疑者がアラブ人ということになり、ラナとエマドの親戚にも疑いの目が向けられる（エマドの弟が子供にオサマと名づけただけで、当局から尋問される)。「アラブ系」の人々はすべて同じように扱われ、警戒されるようになったのだ。そのことにショックを受けるラナとは対照的に、ムゼイヤンはかえってしたたかさを発揮する……。

「鏡のなかのムスリム」

「アイオワのスパイシー・チキンの女王」は私が日本語に翻訳し、『すばる』誌の二〇一三年七月号に掲載された。訳出の際、私は作者のコフにメールで質問したが、彼女はこの作品が実体験に部分的に基づいているということで、自分の書いた「鏡のなかのムスリム」("The Muslim in the Mirror")というエッセイを読んでほしいと言われた。

そのエッセイによれば、一九九八年くらいの段階で、コフは「イスラム教に関する議論」にはうんざりしていたという。偏見に満ちた反イスラム教の人々の言うことも、保守的なイスラム教徒の言うことも聞きたくない。自分としては信仰を捨てる気はなく、リベラルでモダニストのイスラム教徒を自認していたが、イスラム教の改革といった時間のかかる仕事に関わる気もない。

そんな折、彼女は女性のためのシェルターから電話をもらう。夫にひどく殴られたイスラム教徒の女性が保護を求めているので、通訳をしてほしいというのだ。保守的なイスラム教徒が行くよりも自分が行ったほうがいいだろう。彼女はそう考え、通訳を引き受ける。ところが、本人に会ってみてショックを受ける。この女性は夫からの殴打で痣《あざ》だらけになっていながら、夫から逃げた自分が悪いと思っていた。イスラム教では、夫がどんなに暴力的であっても、夫への服従が絶対であると信じていたのである。

コフは最初、激しい怒りを感じるが、やがて自分にも責任があると考えるようになる。「イスラム教に関する議論」を避け、イスラム教徒たちのコミュニティから離反することで、改革に向けた努力を怠っていたからだ。しかし、この虐待された女性を立ち直らせるためには、イスラム教について話さなければならない。コフは改革派の人々の助けを求めるとともに、保守派の話も聞くことにする。妻が夫に服従することを求める保守派でさえ、夫の暴力は許さない。こういう場合は離婚が認められる。そのことを男性の導師から彼女に告げてもらおうとしたのである。というのも、男性から言われなければ、彼女は納得しないであろうからだ。

こうしてコフはさまざまなイスラム教徒たちと知り合い、イスラム教に関する視野を広げた。それによって、自分自身の古い見方からも解放されたという。服従を求める神から解き放たれ、愛と同情に溢れた神を求めるようになった。シェルターに現われた、怯《おび》えた女性は、自分自身の古い姿だったのだ……。

「アイオワのスパイシー・チキンの女王」はこの体験を膨らませ、アラブ系イスラム教徒の女性を「犠牲者」とするステレオタイプを探究しようとしたものだという。こうした人種差別的なステレオタイプは、実はいろいろに使える。特にムゼイヤンは9・11直後の雰囲気のなか、それを生き残るために使った。しかし、実際にはアラブ人は実に多様だ。「アラブ」や「女性」として一緒くたにされることで、階級差などが看過されてしまう。コフはこうした「ステレオタイプの一枚岩的な考え方を崩したかった」と語ってくれた。

『かつて約束の地で』

『かつて約束の地で』の作者、レイラ・ハラビーは、まさに複数の文化を生きてきた人物である。自身のホームページで、彼女は自分のことを次のように紹介している。

「人生においても物語においても、私は対比や意外な並置を好みます。それはおそらく、私が二つの異なる文化の産物だからでしょう」

ハラビーはヨルダン人を父親、アメリカ人を母親としてベイルートで生まれ、おもにアメリカのアリゾナ州で育った。セントルイスのワシントン大学でイタリア文学を学んでから、ヨルダンに留学してアラビアの民話を研究、さらにカリフォルニア大学でアラビア文学の修士号を取得した。現在はアリゾナの大学でカウンセラーとして働きながら、パレスチナ人の夫と子供たちとともにアリゾナで暮らしている。二〇〇三年、小説『ヨルダン西岸』（*West of the Jordan*）で作家デビュー。これは作者と同様に、アラブとアメリカの両方にルーツをもつ若い女性の物語である。

『かつて約束の地で』は彼女の長編第二作で、アリゾナを舞台に、アラブ人の夫婦が9・11後のアメリカに翻弄される姿を描いている。夫のジャシムはヨルダン人で、アメリカの大学で水管理の博士号を取得し、水管理のエンジニアとして働いている。妻のセルワはヨルダン出身のパレスチナ人で、銀行で働きながら、不動産業のライセンスを取得、不動産業に活躍の場を広げようとしている。

ジャシムがそもそも水管理を学んだのは、母国ヨルダンの水道事情を改善しようという夢をもってのことだった。セルワはそんな彼の夢に惹かれ、一緒に「約束の地」アメリカに来たのである。ところが、二人ともアメリカで恵まれた仕事に就き、豊かな暮らしをするようになって、ほとんどアラブ人とかイスラム教徒とかいう意識を失っている。ジャシムは毎朝スイミングプールに泳ぎに行くことを日課としているが、水中で外界をシャットアウトしてバランスを取る彼の姿は、まさにアメリカでの彼の生き方を象徴している。

ところが9・11テロ事件が起きて、彼らの人生は一変する。アリゾナ州でもフェニックスでガソリンスタンド従業員が「報復」として殺され、彼らは自分たちも安全ではないと思い知る（これは実際に二〇〇一年九月十五日に起きた事件である）。周囲の目を意識するようになったジャシムは、かえって職場の人々の疑惑を招き、「疑わしい人物」としてFBIに通報されてしまう。水道に関わる仕事をしているだけに、ジャシムはテロの要警戒人物と見なされてしまったのである。

ちょうどその頃、ジャシムは車を運転していて、スケートボードの少年を轢《ひ》いて死なせてしまう。警察の捜査で、この少年が普段からアラブ人への嫌悪を口にしていたことがわかる。ジャシムの車に向かってきたのも、ジャシムをアラブ人と見て取っての行動であるらしい。避けようのない事故とはいえ、少年の死の原因になったことでジャシムは動揺し、溺れるような感覚を抱く。ますます仕事が手につかなくなり、ついには職場を解雇される。

　一方、セルワも巷《ちまた》に溢れるアメリカ国旗を見たり、アラブ人糾弾の声を聞いたりして、神経過敏になる。職場では、窓口に現われた女性が彼女を見て、「窓口係を換えてくれ」と言い出し、それに憤りを覚える。また、ジャシムとのあいだに子供をもつことを望んでいたのだが、ジャシムにその願いを聞いてもらえず、欲求不満が募っている。そんなときにインターンとして銀行に来ている大学生から誘惑され、つい身を任せてしまう。ところが男は薬物中毒者で、セルワに暴力をふるう……。

　ジャシムもセルワも、アメリカで豊かな暮らしをし、アラブ人としてのアイデンティティをほとんど失っていた。ところが9・11によって自分たちがアメリカでは異邦人であることに気づかされ、バランスが崩される。自分たちが「良きアメリカ人」だと思っていただけにショックは大きく、自分の居場所がアメリカにはないように感じてしまうのだ。彼らの人生はそれによって一気に崩れていくのである。

イスラム教徒の多様性

『かつて約束の地で』の結末近く、印象的なシーンがある。ジャシムは白人の労働者階級の女性、ペニーと親しくなり、一緒にショッピングモールに出かける。そこでふと、ヨルダン訛りのアラビア語の会話が聞こえてくるのに気づく。見ると、貧しそうなヨルダン人の夫婦がいる。ジャシムは一気にアンマンの商業地帯に戻ったような気がする。そこは、アメリカのディスカウントチェーンと同様、「あまりに多くの貧しい人々がいて、あまりに多くの吟味すべき製品があり、どれも品質は怪しい」（原文二七八頁）のだ。彼は「気楽なアメリカの生活」にあまりに馴染んでしまったこと、もはや故郷に帰れないことを痛感する。

このように、一口に「アラブ人」といっても多様である。ジャシムやセルワのような知的エリートで、アメリカで豊かな暮らしをしている者もいれば、食うや食わずでアメリカに渡り、貧しい生活を営んでいる者もいる。そのどちらに対しても、多数派のアメリカ人たちは「アラブ人」として猜疑の目を向ける。いや、シーク教徒のガソリンスタンド従業員が「報復」として殺された事件からもわかるように、彼らはイスラム教徒とヒンドゥー教徒、アラブ系とインド系の区別もついていない。

ハラビーがこの小説を書こうと思った動機も、アラブ人がすべて同じように敵視されることへの反発からだったようだ。9・11後、ニュースなどでのアラブ人の描かれ方に動揺し、普通のアラブ人を描く責任を感じたという。「この本は、ほかの政治的状況下では書かれなかったでしょう」とハラビーは『かつて約束の地で』のペーパーバック版巻末に添えられたインタビューで述べている。「世界で爆発的に起きていたことが、この本のトーンに入り込んだのです」

「普通の」イスラム教徒が9・11後のアメリカで生きることの困難——彼らの運命がいかに狂わされるか——そして、イスラム教徒に対する疑心暗鬼がいかにアメリカで煽られたか。南アジア系や中東系の作家たちの作品にはそれが生々しく描かれている。そして、それぞれの形でイスラム教徒の多様性を主張している。彼らの作品を読むことで、われわれの目に、イスラム教徒というレッテルとは別の個人の姿が見えてくるはずだ。言うまでもなく、人それぞれを個人として認識することは、互いに理解を深め合う第一歩である。そして文学こそ、個々人の内面に目を向け、個々人の違いに注意を喚起するものなのである。

本章で扱ったおもな文学作品

Aslam, Nadeem. *The Wasted Vigil*. London: Faber and Faber, 2008.
Geha, Joseph. "Alone and All Together." in *Big City Cool: Short Stories about Urban Youth*. eds. M. Jerry Weiss and Helen S. Weiss. New York: Persea Books, 2002.
Halaby, Laila. *Once in a Promised Land*. Boston: Beacon Press, 2007.
Hamid, Mohsin. *The Reluctant Fundamentalist*. London: Hamish Hamilton, 2007.（モーシン・ハミッド『コウモリの見た夢』川上純子訳、武田ランダムハウスジャパン、二〇一一年）
Kahf, Mohja. "The Spiced Chicken Queen of Mickaweaquah, Iowa." in *Dinarzad's Children: An Anthology of Contemporary Arab American Fiction*, eds. Pauline Kaldas and Khaled Mattawa. Fayetteville: University of Arkansas Press, 2004.（ムハジャ・コフ「アイオワのスパイシー・チキンの女王」、上岡伸雄訳、『すばる』集英社、二〇一三年七月号）
Naqvi, H.M. *Home Boy*. New York: Shaye Areheart Books, 2009.

その他参考資料

Abbas, Sadia. *At Freedom's Limit: Islam and the Postcolonial Predicament.* New York: Fordham University Press, 2014.

Aslam, Nadeem. "Where to Begin." *Granta.* September 29, 2010. http://www.granta.com/New-Writing/Where-to-Begin

Fadda-Conrey, Carol. "Arab American Citizenship in Crisis: Destabilizing Representations of Arabs and Muslims in the US after 9/11." *Modern Fiction Studies,* Volume 57, number 3, Fall 2011.

Kahf, Mohja. "The Muslim in the Mirror" in *Living Islam Out Loud: American Muslim Women Speak.* ed. Saleemah Abdul-Ghafur. Boston: Beacon Press, 2005.

Mayer, Jeremy D. *9-11; The Giant Awakens.* Belmont: Thomson Wadsworth, 2003.

第五章　できる限り正直に書く――対テロ戦争をめぐる物語たち

イラクのアンバール県では恐ろしいことが起きていました。私は医療施設の近くに暮らしていて、負傷した海兵隊員や、市民や反乱兵たちが運び込まれていたのです。反乱によって負傷した海兵隊員と、負傷させた反乱兵とが一緒に運ばれることもありました。気味が悪いのは、第一次世界大戦や第二次世界大戦とは異なり、飛行機に乗ればほんの数時間で家に戻れるということです。気づけば、私はマディソン街を歩いていました――美しく晴れた日でしたが、何か疎外された感覚がありました。実に不快でした。それがさらにひどくなったのは、海兵隊を除隊する決意をしたあとです。イラクに戻ろうとする海兵隊員がいることはわかっていました――何度も任務を果たす人もいるのです。それなのに私は心地よい生活に戻っている。私もかつては生死を賭けた人々の仲間だった――とてつもない道徳的重要性を伴う物事が起きている場にいたのです。（『ガーディアン』紙のインタビュー、“Phil Klay: 'I had a desire to serve my country and I'm a physical guy'” より）

(http://www.theguardian.com/books/2014/mar/16/phil-klay-desire-serve-my-country-us-marine)

イラク戦争中、海兵隊員としてイラクに赴任した者の回想である。彼は広報担当だったが、軍事的な仕事も手伝った。赴任して一か月足らずのときに自爆テロが起こり、モスクに向かう民間人の家族たちが数多く犠牲になるのも目撃した。被害者が医療施設に運び込まれたが、治療台がいっぱいだったので、床で処置された者もいた。こうした記憶を心で整理することは、そのときはできない。あとになって考えるものなのだと彼は語っている。

兵士の名はフィル・クレイ。大学を卒業した二〇〇五年に海兵隊に入隊し、二〇〇七年から一年間、イラクのアンバール県で過ごした。大学は東部の名門ダートマス大学で、入学した直後、9・11テロ事件が起きたという。彼はイラクから帰国し、除隊してから、イラク戦争についての回想を書くようになった。そこにはイラクで目撃した戦場の悲惨さや、帰国したのちに抱いた疎外感などが綴《つづ》られている。また、こうした体験に基づいた短編小説も発表するようになり、それが『一時帰還』（*Redeployment*）というタイトルでまとめられ、二〇一四年に出版された。この作品はイラク戦争を描いたもののなかで最高傑作と『ニューヨークタイムズ』紙や『ニューヨーカー』誌で評価され、全米図書賞を受賞した。

アフガニスタンやイラクでの戦争が始まってから十年を経て、戦争をまともに描いたアメリカ人の文学作品が出始めている。この章ではそのいくつかを取り上げ、アメリカ人が対テロ戦争をいかに描いているかを見ていきたい。

『一時帰還』

フィル・クレイの『一時帰還』に収められている短編は、どれもイラクに派遣された者たち（おもに兵士）が一人称で語る形式を取る。語り手はすべて異なるが、多くの短編が戦争の記憶についての物語であり、それをどう語るかが重要なテーマとなっている。兵士たちは自分の体験をどう語っても、真実からは離れていくような感覚を抱き、語り尽くせない。戦争を体験していない人たちの思いとはどうしようもないギャップがあり、そんなズレの居心地の悪さが、エピソードを通して浮かび上がる。

表題作の「一時帰還」（"Redeployment"）は、まさに兵士が「ほんの数時間」で家に戻ったときの違和感がテーマである。語り手のプライス軍曹は七か月のイラク派遣のあとアメリカに戻るが、もはや真っ直《す》ぐに思考できないことに気づく。戦場の光景がランダムにフラッシュバックしてくるのだ。

故郷のことを考えようとするのだが、いつの間にか拷問の館にいる。冷凍庫に置かれた人体の一部が目に浮かぶ。檻に入れられた知的障害の男も。そいつは鶏みたいにギャーギャー鳴いた。頭はココナッツくらいに縮んでいた。（中略）おまえの目に、死にかけたときに見たものが浮かぶ。壊れたテレビ、回教徒《ハジ》の死体。血まみれになったアイコルツ。無線で通信している中尉。（上岡訳、一二頁）

故郷の街で彼は仲間とパレードさせられる。そこでは妻のシェリルや死んだ戦友アイコルツの父親も待っている。彼らと話すと、語り手は改めて深い溝を感じずにいられない。妻と再会できて嬉しいのだが、彼女はどことなく彼に怯えているように見える。妻とショッピングモールに出かければ、戦場にいたときと同じように緊張し、周囲に警戒の目を走らせる。妻が仕事に出かけているあいだは、飼い犬と座ってテレビを見ていることしかできず、イラクに戻りたいと思うようになる。こうしたことが、shit や fuck といった汚い言葉とともにとりとめなく語られ、それによってアメリカ社会に溶け込めない彼の苛立ちが表わされる。

この短編は「俺たちは犬を撃った」という文で始まる。イラクで、死体の血を舐《な》めていた犬を兵士が殺してから、海兵隊員のあいだで犬を撃つことが流行《はや》ったのだ。語り手は犬好きであったために、犬を殺すイメージに取り憑かれる。故郷に戻り、弱ってきた飼い犬を銃で殺す結末は、すべてに戦争をもち込んでしまうことの現われのようにも思われる。

インタビューでクレイ自身は、海兵隊員で犬を撃ったことのある人の話を聞き、この物語を着想したと述べている。クレイも犬好きだったので、これこそが戦争のエッセンスのように思われたのだ。戦争で体験すること、理解しようとしてできないことの気味悪さのエッセンス。そして、普通の人々の日常生活との決定的な違いのエッセンスである（*Business Insider* 誌の David M. Brooks によるインタビュー記事より）。

（http://www.businessinsider.com/redeployment-phil-klay-2014-7）

さまざまな語り手

クレイが使う語り手の人格は実にさまざまである。『一時帰還』所収の「遺体処理」（“Bodies”）という短編は、田舎町の高校を出たばかりの若い兵士を語り手とする。彼は特に運動が得意でもないし、愛国的でもないが、田舎町を出る手段として海兵隊に入った。そして遺体処理業務に携わり、おぞましい死体をさんざん目撃する。たとえば、遺体袋が破れ、なかの遺体の皮膚も裂けて、腐敗しつつある血や内臓のスープをかぶった中佐がいる。語り手自身も遺体の匂いが軍服に染み込み、食べ物を飲み込むのが辛くて、任務が終わる頃にはすっかり瘦《や》せてしまう。

イラクでの悲惨さと対比的に描かれるのが、一時的な休暇で過ごすアメリカでの様子である。上官に連れられてラスベガスの酒場に行ったときも、高校時代の恋人に会ったときも、戦場を知らない者とは会話が嚙《か》み合わない。酒場に居合わせた数歳年上の機械工に、最もおぞましかった遺体の処理について話してみるが、「君がやってきたことを尊敬するよ」と言われると、かえって反発を感じる。こんなことで尊敬されたくない、「いやな気分になってほしい」と彼は本音をぶつける。

「戦闘報告のあとで」（“After Action Report”）では、語り手が戦友の殺しを自分のこととして引き受けたために抱く違和感が中心である。市街戦で攻撃されたとき、語り手の横にいたティムヘッドは十三、四歳の少年を殺してしまう。少年が銃を持ってこちらを狙っていたので、ティムヘッドに落ち度はないのだが、それでも少年の母親が嘆いている姿に取り憑かれる。語り手はティムヘッドに「おまえがやったことにしておいてくれないか」と言われ、同意する。途端に語り手は英雄扱いされ、〝殺し屋《キラー》〟などと言われることに居心地の悪さを感じる。とはいえ、自分の物語として語っていると、それがだんだんに真実にも感じられてくる……。

「心理作戦」（"Psychological Operations"）はエジプト系でコプト教徒の帰還兵を語り手とし、アフリカ系でイスラム教徒の女性とのからみを描いた物語。彼は大学の授業で彼女と出会い、彼女から「言葉の暴力を受けた」と告発される。その窮状を「傷ついた帰還兵」を演じることで乗り切るが、同時に嘘をついたことを恥じ、彼女に戦場での真実を打ち明ける。彼はイラクで心理作戦を担当していたのだが、それは敵を汚い言葉でさんざん挑発し、おびき寄せることだった。このまったく英雄的とは言えない戦い方について、彼は父にも話したことがあり、「息子は英雄である」と信じていた父を激怒させたのである。

「兵器体系としての金」（"Money As a Weapon System"）はイラク復興のために派遣された役人を語り手とする。「日本が戦後民主化したのはアメリカが野球を仕込んだからだ」と信じる金持ちの寄付によって野球用具がイラクに送られ、彼はそれをイラク人の子供たちに配って使わせせなければならなくなる。その任務の無意味さを皮肉な目で見つめる風刺小説だ。一方、「アザルヤの祈り」（"Prayer in the Furnace"）は従軍牧師を語り手とし、「殺したら地獄に落ちるのか」といった魂の問題に悩む兵士と、イラク人市民を犠牲にすることに躊躇《ちゅうちょ》のない上官たち、その双方のあいだに立たされて言葉の無力さに苦しむ牧師との齟齬が描かれる。

このようにさまざまな視点から、クレイはイラク戦争を語っている。帰還兵ならではの生々しい戦場の描写、兵士たちの（しばしば猥褻《わいせつ》な）会話は、戦争の記録としても貴重だ。しかしそれ以上に、記憶への誠実な向き合い方がこの作品を秀作にしている。英雄的とはほど遠い兵士たちの行動、戦場での退屈や恐怖、倫理観の麻痺《まひ》、そして人種偏見などが露わにされ、戦争の大義のなさ、戦うことの空しさが浮かび上がる。そしてまた、一つの記憶を「真実」として提示せず、むしろ自分の記憶の混濁、ほかの人たちとの記憶のズレなどを前面に出すことで、語り切れない思いを切実に感じさせる。

クレイ自身は、「自分は国に奉仕したことを誇りに思っている」とインタビューで語っている。彼は自ら選んで戦争に行ったのであり、そのことに関して国を恨むようなことは言っていないし、反戦活動に参加しているわけでもない。彼はただ、この本を書いた動機として、「正直な本を書きたかった」と言う。「私はできる限り正直に書く必要がありました。それ以外の形では、戦争を語ることを正当化できないと考えたのです」（*Business Insider* 誌の David M. Brooks によるインタビュー記事より）

フィル・クレイとの対話

クレイとはメールで連絡を取ることができた。彼は私の質問に答え、戦争を描く意味などについての考えを述べてくれた。

まず訊ねたかったのは、9・11についてどのように感じたか、だった。海兵隊に入隊するという決意に、9・11はどのくらい関わっているのだろう。

「私はニューヨーカーなので、もちろんとても辛く感じました。家族を失った友人もいます。ただ、9・11は、海兵隊に入隊するという決心の要因にはなりませんでした。イラク侵攻の時期に決意したのですが、イラクと9・11とを心のなかでつなげて考えてはいなかったのです。復讐《ふくしゅう》しようというような欲求も感じていませんでした。感じていたのは失われた生命への悲しみと、この野蛮な愚かさに対する怒りだけでしたね」

次はクレイの戦争に対する態度を訊ねてみた。『一時帰還』の出版以来、イラク戦争や戦争全般について、いろいろと意見を求められてきただろう。それにどのように反応しているのだろうか。あるいは、戦争の醜い現実を描いているために、多くの人は『一時帰還』を〝反戦小説〟と捉えるだろう。それについてどう感じているのだろうか。

「そういう質問を人々がするとき、たいてい安易な二者択一を求めているんです。〝われわれはイラクに侵攻すべきだったか否か？〟そして今となっては、侵攻すべきでなかったのは明らかですが、人々がそこで議論をやめてしまうのにはとても不満を感じます。まるで軽く頭を下げて、イラクの問題を片づけてしまうみたいに。私は二〇〇五年に大学を卒業し、海兵隊に入隊しました。侵攻の二年後です。〝侵攻すべきか否か〟よりも〝今何をすべきか〟のほうがずっと差し迫った問題点でした。それに関して言えば、今でも差し迫った問題です。

私は自分の本が必ずしも〝反戦小説〟とは考えていません。ただ、そう読む人が多い理由はわかります。私はこの本が、戦争の醜悪さをひるまずに見据える本であってほしいと願いました。それが効果的にできているとすれば、反戦主義の読者は戦争に反対すべき点をいろいろと見出すことができるでしょう。しかし、戦争が醜いものだと結論づけることは、軍事行動をすべて否定することと同じではありません」

彼はここでＮＡＴＯによるボスニア・ヘルツェゴビナ空爆と南北戦争を「必要な軍事行動」の例として挙げた。前者はセルビアによるボスニアの非戦闘地域への攻撃を阻止《そし》するため、一九九五年に行われた空爆であり、後者は言うまでもなく奴隷制を廃止するための戦いである。どちらにしても、もっと少ない犠牲で解決する方法はなかったかという議論の余地はあるだろうが、平等や平和という目的の達成に寄与したことは否定できない。こういう軍事行動は支持されるべきだ、というのがクレイの考え方である。

では、反戦かどうかは別にして、この本で最も読者に伝えたかったのは何だろうか。

「伝えたかったことは一つだけではありません。そのことは、この本があのように書かれている理由の一部です。つまり、物語がどれも異なる視点から語られているということですね。私は一つのメッセージを伝えるというより、読者にこうした人々の頭のなかに入ってもらいたかった。そして登場人物たちがした選択について読者が考え、自分なりの結論に至ってほしかったのです」

文学の力

次に私はクレイに、ティム・オブライエンのベトナム戦争小説、特に『本当の戦争の話をしよう』(Tim O'Brien, *The Things They Carried*, 1990) について訊ねてみた。批評家たちのなかには『一時帰還』をオブライエンのものに匹敵すると論じる人たちもいた。クレイ本人は彼の作品をどのように評価するのだろうか。

「私はオブライエンを称賛していますし、彼と比べられることは名誉であると考えています。ただ、人間が戦争体験を概念化し伝える能力について、オブライエンは私よりも懐疑的だと思います。アメリカの戦争文学の系譜には、戦争が基本的に表現不可能であると考える長い伝統があります(これについて、私はエッセイを書いたことがあります)。また、戦争を理解することに関しては帰還兵のほうが優れているという考え方もあります。オブライエンは、私よりもこうしたグループに近いと思います」

クレイが言うエッセイとは、『ニューヨークタイムズ』紙に掲載された「戦争が終わり、想像力が働かなくなる」("After War, a Failure of the Imagination")のことだ。このなかでクレイは、帰還兵に対して多くの人が「あなたが経験してきたことは想像できない」と言い、それ以上想像力を働かせようとしないことを嘆いている。戦争での出来事は決して想像不能ではないはずだし、それに想像力をめぐらせることは、戦争について真剣に考えるために絶対に必要だ。クレイはそう信じているのである。

オブライエンに関してはあとで触れるが、彼の真実をぼかすような書き方が、かえって読者を突き放しているようにクレイは感じているのだろう。オブライエンは実際に起きたことよりも、「はらわたの直観にずしりと来るもの」こそ「本当の戦争の話」だと主張する。それは読者の想像力に挑戦状を突きつけるようなものではないか? そう考え、クレイはより読者に歩み寄ろうとしているのである。

では、ほかの9・11小説のなかで特に称賛しているものがあるかどうか、あるとすればその理由は何かと訊ねてみた。

「9・11に特定するなら、私はジョゼフ・オニールの『ネザーランド』（Joseph O'Neil, *Netherland*, 2008）を素晴らしい作品だと考えています。語り手と9・11との関係、9・11が政治や社会の言説にどのように（しばしば間違って）機能しているかを彼が——真の個人的な感情の力を維持しながら——理解していくさまが実に見事で、感動的な本です。ベン・ファウンテンの『ビリー・リンの長いハーフタイム・ウォーク』（Ben Fountain, *Billy Lynn's Long Halftime Walk*, 2012）は、正確には9・11小説ではありませんが、戦争と商業と政治とスペクタクルの交差を完璧に描いています。それは、9・11後の時代を理解する上で重要なことです」

　最後に、多くの作家たちにしている質問を彼にも訊ねた。この9・11後の時代、つまりメディアとテロがあのように強力なイメージを発する時代に、文学はどのような力をもち得るのだろう？　この時代において文学の重要性とは何だろう？

「文学は他者の経験に共感するような形で関わる機会を与えてくれます——他者の頭のなかに入り、別の視点を想像してみる機会です。はらわたに訴えるような映像は、良かれ悪《あ》しかれ、感情的な反応を掻《か》き立てるには効果的でしょうけど、世界で私たちがどのように行動すべきかを学ぶには、世界ともっと深い形で関わる必要があります。過剰に氾濫するイメージを理解するには何らかの物語が必要で、文学はそれを見つける助けになるのです」

戦争を描くということ

では、戦争はいかに描かれるべきなのか？　アメリカの作家たちによって戦争はいかに描かれてきたのか？

アメリカで戦争を描いた作家を挙げよと問われれば、多くの人がまずアーネスト・ヘミングウェイ（Ernest Hemingway）を思い浮かべるだろう。自ら第一次世界大戦で従軍し、その経験をもとに「異国にて」（"In Another Country"）や「身を横たえて」（"Now I Lay Me"）などの短編（どちらも *Men without Women*, 1927 所収）、そして長編の傑作『武器よさらば』（*A Farewell to Arms*, 1929）を書き上げた。これらの作品で描かれる戦争は残酷で、主人公の肉体や精神に傷を与え、彼らの運命を狂わせる。『武器よさらば』で戦線から離脱した主人公は恋人と逃げるが、恋人は彼の子供を死産して死んでしまい、彼は世の中の不条理を思い知ることになる。

とはいえ、ヘミングウェイのこうした作品において、アメリカの参戦自体が疑問視されるわけではない。自分たちが正義の側で戦ったのだろうかという問いかけはなく、したがって戦争に行ったこと——場合によっては人を殺したこと——の責任に向き合うことはない。正義の側で戦ったとすれば、主人公らの身を挺《てい》した戦いも正義のためということになり、それをかっこいいと捉える読者も少なからずいるはずだ。

ベトナム戦争期以前に書かれたアメリカの戦争小説は、基本的にこのスタンスだったと言ってよい。戦争の悲惨さ、軍隊内の残虐行為などが描かれても、アメリカという国家は必ず正義の側にいる。したがって主人公たちも正義のために戦っていることになる。第二次世界大戦を描いた帰還兵たちの小説、アーウィン・ショーの『若き獅子たち』（Irwin Shaw, *The Young Lions*, 1948）、ノーマン・メイラーの『裸者と死者』（Norman Mailer, *The Naked and the Dead*, 1948）、ジェイムズ・ジョーンズの『地上《ここ》より永遠《とわ》に』（James Jones, *From Here to Eternity*, 1951）などを読むとき、アメリカ人の読者は主人公たちをヒーローと捉え、彼らの戦いを応援する思いで読んできたのだろう。実際、ベトナム帰還兵の作家トバイアス・ウルフは、回想録『危機一髪』（Tobias Wolff, *In Pharaoh's Army*, 1994）のなかで、これらの作家たちの戦争小説を読んで軍隊に憧《あこが》れたと告白している。

そのパターンが通用しなくなったのがベトナム戦争である。アメリカが介入すること自体、まったく正当化できない戦争であり、ベトナム側に甚大な被害をもたらしたのみならず、アメリカ側も多くの若者の命を犠牲にした。アメリカ国内では一九六〇年代から七〇年代にかけて激しい反戦運動が起こり、多くの若者が徴兵を拒否した。このような風潮から、アメリカの正義自体を問う戦争小説が生まれ始めたのである。

ベトナム戦争期

まずはジョゼフ・ヘラーの『キャッチ＝22』（Joseph Heller, *Catch-22*, 1961）である。第二次世界大戦のアメリカ空軍爆撃隊の兵士を主人公とし、戦争の狂気、軍隊の不条理を辛《しん》辣《らつ》に描いた作品だ。タイトルの「キャッチ＝22」とは、「狂気に陥ったものは自ら請願すれば除隊できるが、自分の狂気を意識できるとすれば狂っているとは認められない」という軍規。この理不尽な規則に縛られ、兵士たちは上官たちの狂気に怯えつつ、無意味な爆撃を繰り返す。彼らと上官たちのおかしな行動は英雄的とはほど遠い。扱われている戦争は第二次世界大戦だが、戦争へのアイロニカルな態度は明らかにベトナム戦争期の世相を反映している。

もう一冊、ベトナム反戦運動が激化した時代に若者に広く読まれたのが、カート・ヴォネガットの『スローターハウス5』(Kurt Vonnegut, *Slaughterhouse-Five, or The Children's Crusade*, 1969)である。アメリカ・イギリス連合軍による第二次世界大戦時のドレスデン空襲を描いた作品で、そのとき戦争捕虜としてドレスデンにいた作者自身の体験に基づいている。この爆撃は、戦略的にはまったく無意味な破壊であり、殺戮《さつりく》であった。その惨さを、自画像的とも言える無力なアメリカ人戦争捕虜を通して伝えている。SF小説家と分類されることも多いヴォネガットは、タイムトラベルや宇宙人といったSF的要素も使い、ユーモアを交えつつ、アメリカ側の「悪」を生々しく描き出す。

さらにベトナム戦争の帰還兵がベトナム戦争自体を描く作品も生まれてきた。スティーヴン・ライト、トバイアス・ウルフ、ティム・オブライエンなど、文学的にも評価されている作家たちの作品は、淡々とした回想録あり、幻想的な要素を含むシュールな作品ありと作風はさまざまだが、いずれも戦争の無意味さ、馬鹿らしさを感じさせる。兵士たちが英雄的に描かれることはまずなく、それよりもアメリカ政府の愚かな政策による犠牲者であるとともに、ベトナムに無駄な破壊と殺戮をもたらす加害者として描かれる。

なかでも最高のベトナム戦争小説と評価されているのが、前述したティム・オブライエンの『本当の戦争の話をしよう』である。このなかでオブライエンは自分の名をもつ一人称の語り手を使い、ベトナム戦争での従軍とその前後のエピソードを連作短編の形で語っている。とはいえ、これは事実に忠実な回想録ではなくフィクションだ。一つのエピソードがいくつもの視点から描かれ、その内容に矛盾が生じていることもあり、どれが事実かはわからない。

たとえば、いくつかの短編で、カイオワという兵士の死のエピソードが描かれる。その死自体、強烈な悪臭を発する肥溜《こえだ》めで溺れ死ぬという、まったく英雄的とは言えない死に方だ。それについて一つの短編では、バウカーという兵士がカイオワの死について罪の意識を抱き、除隊後しばらくして自殺してしまう。彼は沈みかけたカイオワを摑んでいたのだが、悪臭に耐え切れず、手を放してしまうのだ。別の短編では同じカイオワの死について自分の責任と感じつつ、恋人の写真を捜し続ける無名の若い兵士が取り上げられる。彼は恋人の写真をカイオワに見せようとしてライトを点《つ》けたため、迫撃砲の標的にされたと思っている。同時に、小隊長として自分の判断ミスを責める中尉の姿も描かれる。さらに別の短編では、語り手のティム・オブライエン自身が二十年を隔ててカイオワの死の場所を訪れ、彼を追悼する。彼はこの場所で「自分はささやかなりといえども威厳と勇気を備えた人間であるという自己認識を」失ったと言う（村上訳、二〇二頁）。

なぜこのような書き方をするのかについて、オブライエン自身が作中で説明している。それは、何が事実かは問題ではなく、心のなかの真実こそが重要だからである。客観的な事実などそもそもわかりようがない。それよりも、複数のエピソードを通し、記憶のなかで起きたことも含めて、心で感じた真実を伝えようとする。その「真実」の一部には、戦争に行き、加害者側に立ち、そして生き残ったことへの罪の意識がある。そもそもベトナム戦争に反対の立場だったが、臆病だったために徴兵を忌避できず、戦争に行ってしまったという罪の意識。この作品を傑作にしているのは、こうした自己の記憶、自己の責任と向き合う誠実な態度のためである。

9・11後の戦争小説

ベトナム戦争後、アメリカはしばらく海外に大規模な派兵をしなかった。敗戦のショックは大きく、国内にも厭戦《えんせん》気分が強く残ったためである。しかし、一九八〇年代のロナルド・レーガン大統領は「強いアメリカの復活」を政策として掲げ、一九八三年、グレナダに軍事介入。続くブッシュ（父）政権は一九八九年にパナマに軍事介入し、一九九一年の湾岸戦争ではイラクに派兵した。さらに9・11テロ事件を経て、ブッシュ（子）政権がアフガニスタンとイラクに戦争を仕かけた。それ以後、アメリカはずっと戦争を続けている。

こうした対テロ戦争はどのように文学作品に描かれてきたのだろうか？　特にイラク戦争は大義名分のない戦争であり、それを批判的に描く作家たちが出てきてもおかしくない。どんな作家たちが戦争を描いているだろうか——と期待して捜してみても、戦争をまともに描いた作品はまだ少ない。その大きな原因の一部は、現在は徴兵制がないということにあると思われる。

ベトナム戦争の終結とともに、アメリカ政府は徴兵制を取りやめた。そのため、今アメリカ軍に属しているのはみな志願兵たちである。ということは、彼らは戦地に行く可能性も承知で志願したはずであり、国の戦争行為について批判的なことは言いにくい。また、兵士たちが志願する理由の一つは貧しさのためであり、大学教育を受けられない者が多いため、物書きになろうという者は少ない。クレイのような例は稀《まれ》なのだ。さらに言えば、志願した者しか戦争に行っていないため、全般的に国民は戦争に無関心である。帰還兵の声に進んで耳を傾けようという姿勢がない。そんな国民の無関心に出会ったショックをクレイは『一時帰還』のいくつかの短編で描いている。

『一時帰還』が出版されたとき、多くの批評家がこの作品をオブライエンの『本当の戦争の話をしよう』に似ていると評した。事実にこだわるより、「人間精神の発露を表現している」ためである（『ニューヨークタイムズ』二〇一四年三月六日のDexter Filkins）。また、「兵器体系としての金」に描かれたような戦時の混乱と不条理について「『キャッチ＝22』を思い出させる」と評価した書評家もいた（『ガーディアン』二〇一四年三月二十六日のEdward Docx、『ニューヨークタイムズ』二〇一四年二月二十六日のMichiko Kakutaniなど）。これらからも、クレイの作品がベトナム以後の戦争小説の系譜に入ることがわかるだろう。

それに対し、９・11後の対テロ戦争を描いたもののなかで、第二次世界大戦までの戦争小説の系譜に入りそうなのが、リー・カーペンターの『11日間』（Lea Carpenter, *Eleven Days*, 2013）である。シングルマザーとして大事に育ててきた息子が海軍特殊部隊に入り、中東に派遣されて行方不明になる。その母の恐怖におののく意識を息子の遺体発見まで追いつつ、彼女がシングルマザーになった経緯や、子育ての時期の回想を差し挟んでいく。大切な息子が戦争に奪われるストーリーは確かに痛ましく、読者に戦争への嫌悪感を抱かせるはずだ。戦争に反対する立場の人が読めば「反戦小説」と取るだろう。

と同時に、この小説には息子の視点で語られる部分があり、ここが「従来型」と感じさせる。彼は勉学に秀でていたが、テロリストたちに対する義憤から海軍特殊部隊に入隊し、厳しい訓練に耐える。訓練を克服し、対テロ戦争の任務に向かっていく彼の姿はヒロイックに描かれており、彼の戦いには意味があったと言ってやりたくなる。その点において、この小説は戦争自体を批判する力、アメリカの政策を批判する力が弱いと感じざるを得ないのである。

『イエロー・バード』

もう一つ「現代の戦争小説の古典として『本当の戦争の話をしよう』に匹敵する」(『ニューヨークタイムズ』二〇一二年九月六日の Michiko Kakutani) と評された作品がある。イラク戦争帰還兵、ケヴィン・パワーズの『イエロー・バード』(Kevin Powers, *The Yellow Birds*, 2012) である。

パワーズは一九八〇年、ヴァージニア州リッチモンドの労働者階級の家に生まれ、十七歳で陸軍に志願した。名門大学卒で入隊したクレイとは異なり、パワーズは現在のアメリカ兵士の典型であると言える。二〇〇四年、機関銃手としてイラク北部に派遣され、一年間駐留。帰国後、大学で文学を学び、小説を書き始めた。『イエロー・バード』は彼の処女作であり、自身のイラク体験に基づいた戦争小説である。この小説はデビュー作に送られるPENヘミングウェイ賞を受賞、全米図書賞の最終候補に残るなど、高い評価を受けた。

どのような点で『イエロー・バード』は『本当の戦争の話をしよう』に似ているのか? それはまず、一人称の語り手を用い、主観的に戦地の様子を語っていく手法にある。語り手の記憶は不確かで、客観的な事実は摑みにくい。ただ、彼の印象として心に残ったことが語られていくのだ。

たとえば、冒頭の一文は「春、戦争は僕たちを殺そうとした」である。若くて未熟な兵士にとって、戦争は自分を殺しに来る恐ろしくて得体の知れないものだ。彼にできることは毎日必死の思いで「生き残る」ことだけ。その思いが伝わってくる。

さらに夏、戦争はやはり彼らを殺そうとする。

戦争は毎日僕らを殺そうとしたが、成功していなかった。僕たちの安全が万全だからというわけではない。僕たちは生き残る定めにはなかった。実のところ、僕たちには何も定まっていなかった。戦争は好きなものを奪っていくのだ。戦争は我慢強い。目的とか限界、君が多くの人から愛されているか否かなど、まったく気にしない。その夏、僕が眠っているあいだに、戦争は夢で僕を訪れ、その唯一の目的を示した。続けること、ただ続けること。そして僕にはわかった。戦争はいずれ思いどおりにするのだ。

（原文三〜四頁）

語り手の名はジョン・バートル。作者と同じようにヴァージニア州出身で、イラク北部ニーナワー県のアルタファルに派遣された二十一歳の兵士である。

物語の軸となるのは、このバートルと、マーフことダニエル・マーフィという十八歳の兵士との関係である。マーフはバートルと同じヴァージニアの労働者階級の出身。バートルはアメリカ国内での訓練のときマーフと親しくなり、イラクに派遣される前、マーフとともにマーフの母を訪ねる。そして、息子を五体満足でアメリカに戻してくれと約束させられ、それもあって、イラクでもマーフのことをずっと気にかけている。

しかし、まだ十八歳のマーフにとって、戦争のストレスは荷が重すぎる。市街地にはゴロゴロと死体が転がり、毎日のように迫撃砲の攻撃を受ける。戦友が目の前で殺され、その血をかぶるといった経験もする。しかも、故郷にいる恋人からは別離を告げる手紙が来る。マーフはだんだん心のバランスを失い、ひたすら故郷を焦がれるようになる。

一方、バートル自身もまだ若く、初めての戦場とあって、マーフの面倒を見る余裕などない。そもそも彼が軍を志願した理由は、高校時代弱虫で、友達から馬鹿にされており、軍隊に入れば「男になれる」と考えたからだ。しかし、イラク戦争には祖父たちの戦争のような「行き先や目的」がない。どこに到達すれば勝ちといった目標が見えず、ただ同じような行軍と戦闘を繰り返すだけ。そこで残虐な光景を目の当たりにし、バートルは自分が臆病すぎること、男らしい男にはなれないことを悟ってしまう。この思いは、マーフを助けることができず、しかも彼の死を隠蔽する工作に関わってしまうことで増幅される。『本当の戦争の話をしよう』と共通するもう一つの点は、このように兵士たちを臆病者として描き出したことだろう。バートルもマーフも、単なる未熟な少年にすぎない。バートルが生き延びマーフが死んだのも、偶然の産物だ。そのことをバートルは痛感し、アメリカに戻っても友人たちと交わることもせず、恥と罪の意識を抱えて生きるのである。

感情的な核心

パワーズ自身は陸軍に志願した理由について、父も叔父たちも祖父たちも軍隊生活を経験しており、それが「大人になる」道だと思っていたと雑誌のインタビューで述べている。また、大学に行きたかったのだが学費が高いため、まず軍隊に入り、軍の補助によって大学に行くことを考えたという。さらに彼はこう付け加えている。「私は若かったし、世界を見たかった。そして、ある種の冒険を経験したかったのです」

では、『イエロー・バード』はどれくらい彼自身の経験に基づいているのか？　その問いに対して彼は、物語の細部は必ずしも一致しないし、バートルのように親しい戦友を失った経験はないと答えている。ただ、帰国後のある時期、生き残ったことへの罪の意識を抱いた。

「どうして俺が生き残ったんだ？　どうしてこの人たちは生き残らなかったんだ？　この人たちより俺のほうが生き残る価値があるなんてことはまったくないのに。おそらく、俺のほうがずっと価値がないのに。このうちの一人が癌《がん》の治療法を見つけるかもしれないじゃないか？　そして、これが純粋に偶然にすぎないってことを考え始める。どういうメカニズムなんだ？　生き残ったことで、これからどういう責任を負っていくことになるのだ？」

こうした作者自身の感情を、バートルも経験していくことになる。パワーズが伝えたかったのは、その「ある種の感情的な核心」なのである。

「私の個人的な意見では、戦争について正直に書けば、それは本質的に反戦小説になります」パワーズはそうも述べている。「知的に、あるいは感情的に正直な小説で、戦争を賛美する小説が書けるといった状況は考えられません。それは不可能だと思われます」（すべてGQ誌のインタビュー"A decade after the invasion of Iraq, one soldier's story of conflict"より）

（http://www.gq-magazine.co.uk/entertainment/articles/2013-03/26/kevin-powers-the-yellow-birds-book-interview）

パワーズは別のインタビューで、小説で戦争を描く意味について次のように述べている。「この長く続く戦争において、人々はメディアが発する暴力の映像などに慣れっこになってしまっています。だからこそ、芸術作品によって、新たな形でそれを見せられる必要があるのです」と（『イエロー・バード』ペーパーバック版に添えられた作者インタビューより）。

イラク戦争版『キャッチ＝22』

一方、「イラク戦争の『キャッチ＝22』」と評価された作品がある。ジェス・ウォルターとフィル・クレイが優れた9・11小説として挙げている、ベン・ファウンテンの『ビリー・リンの長いハーフタイム・ウォーク』である。

ファウンテンは一九五八年生まれ。大学を卒業後、しばらくはテキサス州ダラスで弁護士として働き、四十歳を過ぎてから短編集『チェ・ゲバラとの短い遭遇』（*Brief Encounters With Che Guevara*, 2006）でデビューした遅咲きの作家である。彼は二〇〇四年十一月二十五日、アメリカンフットボールの試合をテレビで見て、『ビリー・リンの長いハーフタイム・ウォーク』の構想を得たという。

その試合は、テキサス州アーヴィングのテキサススタジアムで行われたダラス・カウボーイズ対シカゴ・ベアーズ戦。感謝祭の試合とあって、ハーフタイムには派手なショーが繰り広げられた。ビヨンセを含むデスティニーズ・チャイルドが招かれ、大学や軍のマーチングバンドとともに行進し、歌い踊ったのである。イラク戦争によってサダム・フセイン政権が倒されたものの、まだ反米勢力の攻撃が続いていた時期。このハーフタイムショーの目的は、言うまでもなく国民にアメリカ軍への支援を訴え、戦争への支持を高めることだった。その動画をネット上に投稿したファンは、次のようにコメントしている。

ケリー、ミッシェル、そしてビヨンセという曲線美のホットな女性三人が、輝かしい衣装に身を包み、マーチングバンドを後ろに従えて、フットボール場を闊歩《かっぽ》する。百万ドルをかけた演出。花火、照明、まさにハリウッドというステージ。そこで彼女らは熱狂的に踊り、歌う。

これはあなたが本当に感謝を捧げたくなるような感謝祭の瞬間だ。そこには神がいる！

これは二〇〇四年の感謝祭、ダラス・カウボーイズ対シカゴ・ベアーズのハーフタイムショーのことである。デスティニーズ・チャイルドには、地元のプレイリービューA&M大学のマーチングバンドが付き従った。

NFLの試合で行われたハーフタイムショーのなかで、これが最悪だと言う人もいる。しかし、僕にとっては、これは感謝祭史上最高のハーフタイムショーだ！

(http://bleacherreport.com/articles/296438-top-4-thanksgiving-halftime-shows-that-made-the-gravy-go-bad)

この投稿者とは対照的に、ベン・ファウンテンは同じショーを見て、「軍国主義、ポップカルチャー、アメリカの勝利主義、ソフトコア・ポルノのシュールな、そして明らかにクレイジーなごたまぜ」として感じたという。そしてマーチングバンドらと行進する兵士たちを見て、彼らがイラクかアフガニスタンから呼び戻されたばかりのように見えたため、次のように考えた。

「これは頭にいったいどういう作用をするのだろう？　毎日生きるか死ぬかの状況に浸っていて、それからアメリカに戻り、この実に人工的な状況の真っ只中《ただなか》に放り込まれるなんて。言い換えれば、どうやって気が狂わずにいられるのだろう？」（『ハフィントンポスト』紙の Teddy Wayne によるインタビューより）

(http://www.huffingtonpost.com/teddy-wayne/billy-lynns-long-halftime-walk_b_1461976.html)

こうして書かれた『ビリー・リンの長いハーフタイム・ウォーク』は、このハーフタイムショーをクライマックスとし、そこに放り込まれた純朴な兵士の意識を描いている。イラク戦争期の過剰な愛国主義の滑稽さを風刺し、戦争の空しさを描いた秀作として、二〇一二年の全米批評家協会賞を受賞、全米図書賞の最終候補にも残った。

『ビリー・リンの長いハーフタイム・ウォーク』

十九歳の青年ビリー・リンはテキサス州の田舎町出身で、労働者階級のごく平凡な家庭で育った。高校を卒業する直前、彼は姉キャスリンを裏切った男の車を叩き壊し、訴追を免れるために軍隊に入って、ブラボー隊の一員としてイラクに送られる。

軍隊で彼はシュルームという知的な男と出会う。これまで学校でまともに学んでこなかったビリーだが、シュルームから読むべき本の話などを訊き、知の世界に目が開かれる。と同時に、戦争の厳しい現実にも直面する。多くの兵士たちはビリーと同様に、社会に居場所がないために軍隊に入り、なぜイラクに行くのか、何をするのかもわかっていない。そうした兵士たちを戦争は行き当たりばったりに殺していく。シュルームもアル・アンスカール運河の戦闘で戦死。彼の死の光景はビリーの心に取り憑くことになる。

ところが、アル・アンスカール運河の戦闘にはたまたまフォックスニュースの撮影クルーが居合わせ、その様子を撮影していた。フォックスといえば名だたる保守派のメディア。この映像がアメリカで放映されることで、ビリーたちブラボー隊の生き残り八人はアメリカで英雄視されるようになる。政府は彼らを一時的に帰国させ、各地でパレードなどを行って、戦意高揚のために利用する。ビリーは突然英雄視されることに違和感を抱き、アメリカが「ティーンエイジャーのドラマから脱却できていない」と感じる。

イラクに戻される二日前の感謝祭、ビリーらはテキサス州で行われるダラス・カウボーイズの試合に呼ばれる。そのハーフタイムのショーでビヨンセが歌をうたうとき、一緒にステージに上がって行進し、それを全国ネットのテレビが放送することになったのだ。試合前のレセプションでも、ビリーらは上流階級の人々の美辞麗句に居心地の悪いものを感じる。ハリウッドからはプロデューサーが来ており、アル・アンスカール運河の戦闘を映画化する話をもちかける。このときビリーはカウボーイズのチアリーダー、フェゾンと互いに一目で恋に落ち、彼女との将来を考えるほどになる。

そしていよいよハーフタイムのショーが始まる。花火が上がり、フラッシュライトがきらめくなか、高校や大学のマーチングバンド、バトントワラーらが行進する。軍の閲兵行進部隊が銃をくるくると回す、派手なパフォーマンスもある。続いてビヨンセらデスティニーズ・チャイルドが登場し、「ソルジャー」を歌う。その舞台に一緒に立たされ、ビリーらはただ直立しているしかない。ビリーは思う。「こんなのおかしい。誰もこんなこと話してくれなかった。実生活ではちょっと気恥ずかしいだけのことが、テレビによって猥褻にされ、敵意に満ちたものとされてしまう」（原文二三九頁）

試合後、カウボーイズのオーナーのノーマン・オグルスビーはこの機を捉え、アル・アンスカール運河の戦闘の映画に出資し、一儲《ひともう》けをもくろむ。そしてブラボー隊に払う契約金は値切りながら、これは「勇気と希望と楽観主義の物語、自由への愛の物語」だと称え、映画がアメリカの戦争遂行を助けるために必要だとまくし立てる。ビリーの上官のダイムはこうしたことに利用されることに反発し、映画化を断固拒否。ビリーは軍から離脱することを姉からしつこく勧められていたが、仲間を見捨てることもできないと考え、再びイラクへと向かう……。

アメリカとは何か？

作者のファウンテンは、この小説でアメリカという国を理解しようとしたのだと述べている。イラク戦争当時、彼はとても混乱していた。なぜアメリカはこんななのか？　この国に生まれ、ずっと暮らしてきながら、それが理解できなかった。そして、この小説の執筆を通してたどり着いた一つの答えは、アメリカ人がメディアの強い影響のもと、夢の世界に生きているというものだった。

「9・11後のほんの一瞬、われわれは夢から目覚めました。実に大きな出来事だったので、みんな問いを発するようになったのです。〝どうしてこんなことが起きたんだ?〟〝どうしてこれほどわれわれを憎む人がいるのだろう?〟でも、夢はあまりに強力で、9・11を呑み込み、〝彼らがわれわれを憎んでいるのは、われわれの自由のためだ〟といった物語にまとめてしまったのです。（中略）そうなれば、明らかな解決策は彼らにわれわれを好きにならせること。彼らをわれわれに似た人間にすることです。アメリカン・ドリームは、ビリーと仲間たちをイラクに送った夢です。9・11後の世界で生きるわれわれは——9・11の結果——9・11とはまったく関係のない国を侵略しました。それが夢の世界を生きているということなのです」（Book Forum の Allison Bulger によるインタビューより）

(http://www.bookforum.com/interview/10661)

だとすれば、彼が『ビリー・リンの長いハーフタイム・ウォーク』でやろうとしたことは、読者を夢から醒《さ》ますことだと言ってもいいだろう。入隊以前は社会の下部で生きていた兵士たちが、メディアと権力者の都合で英雄とされてしまうこと。彼らをめぐる権力者やメディアのどんちゃん騒ぎが、皮肉のたっぷりときいたユーモアとともに描かれている。

第二次世界大戦後、アメリカは絶えず海外の紛争に介入するようになったが、多くの場合、戦争の必要のないところに戦争を作り出していた。親米的でない政権があれば（たとえそれが民主的に選ばれた政権であっても）、言いがかりをつけて戦争を仕かけたり、CIAの秘密工作を使うなどして、転覆させてきた。にもかかわらず、国民は真相を知らされず、アメリカは正義の味方であるという夢を信じてきたのである。[*1]

大義のないアメリカの戦争のなかでも際立っているのが、ベトナム戦争とイラク戦争である。相手の国民の意思を無視し、でっち上げによって開戦し、その結果大きな犠牲を出して泥沼化した。アメリカはベトナム戦争で大きな失敗をしておきながら、また同じようなことを繰り返しているのだ。だとすれば、ベトナム戦争期以降に書かれるようになった、戦争自体の馬鹿らしさを晒け出し、痛烈に批判する戦争小説が今必要なのではないだろうか。文学は権力の悪を暴く批判力をもつべきであり、もっているはずなのだから。

＊1　いかにアメリカが大義なき戦争を〝作り出して〟きたかについては、数年前に日本でも放映された話題となったドキュメンタリー『オリバー・ストーンが語るもうひとつのアメリカ史』で詳しく語られている。現在の政治情勢を考えれば、このドキュメンタリーも広く視聴されてほしいものだ。

本章で扱ったおもな文学作品

Carpenter, Lea. *Eleven Days*. London: Hodder, 2013.（リー・カーペンター『11日間』高山真由美訳、早川書房、二〇一四年）

Fountain, Ben. *Billy Lynn's Long Halftime Walk*. New York: Harper Collins, 2012.

Heller, Joseph. *Catch-22*. New York: Simon & Schuster, 1961.（ジョゼフ・ヘラー『キャッチ＝22』飛田茂雄訳、ハヤカワ文庫、一九七二年）

Hemingway, Ernest. *Men without Women*. New York: Scribner, 1927.（アーネスト・ヘミングウェイ『われらの時代・男だけの世界　ヘミングウェイ全短編1』高見浩訳、新潮文庫、一九九五年）

A Farewell to Arms. New York: Scribner, 1929.（アーネスト・ヘミングウェイ『武器よさらば』高見浩訳、新潮文庫、二〇〇六年）

Klay, Phil. *Redeployment*. New York: Penguin, 2014.（フィル・クレイ『一時帰還』上岡伸雄訳、岩

波書店、二〇一五年）
O'Brien, Tim. *The Things They Carried.* Boston: Houghton Mifflin, 1990.（ティム・オブライエン『本当の戦争の話をしよう』村上春樹訳、文藝春秋、一九九〇年）
Powers, Kevin. *The Yellow Birds.* London: Hodder, 2012.（ケヴィン・パワーズ『イエロー・バード』佐々田雅子訳、早川書房、二〇一三年）
Vonnegut, Kurt. *Slaughterhouse-Five, or The Children's Crusade.* New York: Delacorte Press / Seymour Lawrence, 1969.（カート・ヴォネガット・ジュニア『スローターハウス5』伊藤典夫訳、ハヤカワ文庫、一九七八年）
Wolff, Tobias. *In Pharaoh's Army: Memories of the Lost War.* New York: Knopf, 1994.（トバイアス・ウルフ『危機一髪』飛田茂雄訳、彩流社、一九九六年）

その他参考資料

Klay, Phil. "After War, a Failure of the Imagination." *The New York Times,* February 8, 2014. (http://www.nytimes.com/2014/02/09/opinion/sunday/after-war-a-failure-of-the-imagination.html)
ストーン、オリバー『オリバー・ストーンが語るもうひとつのアメリカ史』（ＤＶＤ）、角川書店、二〇一三年

第六章　アメリカの未来を見つめる——メモリアルとモスクをめぐる物語

私はとてもリベラルなのですが、それでも彼らはもっと遠くにもっと適切な場所を見つけるよう努力すべきだと考えてしまいます。ああいう教養のない反動的な人たちの味方をするのはすごく嫌なのですが、でもあれは素晴らしいアイデアとは言えないし、避けられるのなら避けるべきです。（中略）できる限りの努力をしてニューヨークの人たちのストレスが減るようにしてやろうといった、配慮をしてあげるべきだと思うのです。

（The Orange Maneというサイトへの、二〇一〇年七月二十二日の書き込み）

（http://www.orangemane.com/BB/showthread.php?p=2884748　※二〇一五年十二月現在、リンク切れ）

二〇一〇年頃、こうした書き込みがさかんにオンラインの掲示板に載った。ここで問題になっているのは、マンハッタンのグラウンド・ゼロ近くにモスクが建てられることを指す。建設計画が明らかになってから、反イスラム団体の攻撃が始まった。グラウンド・ゼロとは、イスラム教徒のテロリストたちが残酷な事件を起こし、多数の犠牲者を出した場所である。その近くにイスラム教のモスクを建てるとは、あまりにも無神経だ。反イスラ

パーク51（通称「グラウンド・ゼロ・モスク」）の建設予定地

ム団体はこれを「グラウンド・ゼロ・モスク」と名づけ、建設計画撤回を求めて集会を開くなど、活発な反対運動を展開した。

確認しておくと、「グラウンド・ゼロ・モスク」はグラウンド・ゼロに建てられるわけではない。建設予定地はそこから二ブロック離れたところである。また、モスクだけではなく、運動施設や図書館、レストランなども含むコミュニティ・センターを作るという計画である。大統領のバラク・オバマやニューヨーク市長のマイケル・ブルームバーグは建設計画を支持。それに対し、共和党保守派の大物、ニュート・ギングリッチは、彼らがイスラム教徒におもねっていると強烈に非難し、対立が深まった。

パメラ・ゲラー

民間人の反対運動の中心となったのが、パメラ・ゲラーという反イスラム活動家である。彼女は新聞記者などを経て、9・11をきっかけに〝アメリカ自由防衛イニシアチヴ〟（AFDI）と〝アメリカのイスラム化を防ぐ会《ストップ・イスラミゼーション・オブ・アメリカ》〟（SIOA）という反イスラム政治活動を始め、Atlas Shrugs.com というホームページを立ち上げた。

二〇一一年一月にNHK衛星放送で放映された『9・11から10年　J・ダワーが語るアメリカの深層』（第二部〝絆を取りもどすために〟）において、作家で映画監督の森達也の質問に答え、ゲラーはこう語っている。

「この問題は信仰の自由とは関係ありません。人への思いやりや礼儀の問題です。真珠湾攻撃を知っていますよね？　日本人が真珠湾に神社を建てようとしたことがありましたか？　グラウンド・ゼロも同じことです。彼らがビルの上に建てようとしているモスクは、神聖な場所を見下ろします。攻撃的な行いです。わざと挑発しているとしか思えません」

ここでも9・11は真珠湾攻撃になぞらえられている。ゲラーはまた、グラウンド・ゼロ・モスクを「勝利《ヴィクトリー》のモスク」とも呼ぶ。テロの成功を誇るためのモスクだと非難しているのである。

それに対しリベラル派の人々は、当然ながらイスラム教徒＝テロリストと同一視することを問題視する。信教の自由が認められる以上、モスクをどこに建てようが自由だ。そもそもあの付近は、イスラム教徒たちが多く暮らしている地域なのだから……。しかし、それでも前述のような居心地の悪さを表明する人が出て来たのである。

エイミー・ウォルドマン

そんな不寛容や居心地の悪さを描いた小説が、エイミー・ウォルドマンの『サブミッション』（Amy Waldman, *The Submission*, 2011）である。この小説で騒動のもとになるのはモスクではなく、9・11のメモリアル。ワールドトレードセンター跡地にできるメモリアルのデザインが公募され、匿名審査が行われて、イスラム教徒が一位になったらどうなるだろう？　反対する保守派と原則を重んじるリベラル派との対立、そしてリベラル派の人々の揺らぎを描いた風刺小説だ。

物語は二〇〇三年、ワールドトレードセンター跡地のメモリアル選考委員会の場面から始まる。テロ事件の遺族を代表して委員会に加わったクレア・バーウェルは〝庭園〟のプランを気に入り、それを強く推薦する。夫をタワーの倒壊でなくしたクレアにとって、それは「癒し」を表わすものと思われたのだ。別の案を強く推す者もいて会議は紛糾していたが、クレアの主張がほかの何人かを動かし、委員会として〝庭園〟を推すことになる。ところが、設計者の名を開けてみて、委員たちは驚愕《きようがく》する。モハマド・カーンという、典型的なイスラム教徒の名前だったのだ。

イスラム過激派によって殺された人々のメモリアルをイスラム教徒が作る？ 委員たちのなかにはそのことにアレルギー反応を起こし、反対の立場に回る者が出る。一方、クレアはそのこと自体が人種差別であり、対立を激化させるとして、決定通り〝庭園〟でいくことを主張する。結論が出ないままに会議はいったん打ち切られるが、この情報がリークされたことで、〝庭園〟への反対運動が生まれる。そして、カーンの〝庭園〟は全米を巻き込む論争に発展するのである。

ウォルドマンは9・11当時、『ニューヨークタイムズ』紙で記者をしており、タイムズスクエア付近にあった当時のタイムズビルでワールドトレードセンターの倒壊を目撃。その後六週間ニューヨークにとどまり、事件について取材した。それからイランやアフガニスタンに飛び、戦争によるアフガニスタン国民への打撃も目撃、視野が大きく広がったという（*New Statesman* 二〇一一年九月十一日のインタビューより）。

(http://www.newstatesman.com/blogs/cultural-capital/2011/09/novel-submission-memorial-felt)

ＰＢＳニュースアワーのインタビュー（二〇一一年九月七日）で、彼女はいかにこの小説を構想したかを語っている。それは、ベトナム戦没者メモリアルとその論争について、友人と話したことがきっかけだった。

「あの論争の一部は、設計者のマヤ・リンがアジア系アメリカ人であることでした。そして私は考え始めたのです。9・11で同じようなことがあるとしたら何だろう？　そこからこの本の構想が生まれました。これは小説でなければいけませんでした。実際に起きていない話だし、小説的なシナリオだからです。でも、私が小説でそれをやることに惹かれたのは、こうした問題に取り組むのに最高の方法だと感じたからです。私たちが9・11後に格闘してきた問題と、そのいくつもの見解に入り込むのに」
（http://www.pbs.org/newshour/art/conversation-amy-waldman-author-of-the-submission/）

こうしてウォルドマンは、ベトナム戦没者メモリアルのコンテストや論争について、リン自身についてなど、詳細にリサーチした。

「部分的には、さまざまな関係者が演じた役割を理解するためですが、同時にリンの視点からそれがどんなふうだったかを摑むためです。あのプレッシャーに耐え、それでも自分の作品のために戦うとはどんなだったか。素晴らしいことに、彼女のビジョンは醜いプロセスを無傷で生き延びたのです」（Book Forum の二〇一一年九月八日のインタビューより）
（http://www.bookforum.com/interview/8218）

こうしたリサーチが、彼女にとってのデビュー作、『サブミッション』という形で結実したのである。この作品はトム・ウルフの『虚栄の篝火《かがりび》』（Tom Wolfe, *The Bonfire of the Vanities*, 1987）にも匹敵する風刺小説と評価され、ジャネット・ハイディンガー・カフカ賞やアメリカン・ブック・アウォードを受賞、『エスクワイア』誌や『エンターテインメント・ウィークリー』誌などで年間最優秀小説に選ばれた。

イスラム教徒たちの人物造形

『サブミッション』のなかでメモリアルの案を設計するモハマド・カーンは、インド人の両親のもとにヴァージニア州で生まれた三十歳代の男である。両親はイスラム教徒であるためインドからアメリカに渡ったのだが、カーンはアメリカ人として生まれ育ち、信仰心は特にもっていなかった。アメリカの大学で教育を受け、建築士となり、一流の設計事務所で働くエリートである。しかし、9・11テロ事件後、その名前と容貌のために空港で厳しい尋問を受けるなど、差別的な扱いを受け、かえってイスラム教徒という自覚が芽生える。〝庭園〟の案も（イスラムの庭からインスピレーションを受けた部分はあったが）、特にイスラム色を出したわけではないのに、反対運動が生まれたことに反発、自分は絶対にこの案を取り下げないと、戦う姿勢を示す。

この小説の一つの強みは、カーンをはじめとするイスラム教徒たちの人物造形だ。インテリ層から労働者階級まで、さまざまな人物を描いている。カーンはアメリカ人イスラム教徒の知的エリートの典型。彼を助ける女性弁護士レイラ・ファティ（イラン系）もそうだが、彼女はイスラムの近代化にも取り組んでおり、イスラム教団体に関わりながらも、敢えて非イスラム的な服装をしている。そのイスラム教団体には、カーンを助けることで名前を売りたい政治的野心の持ち主や、カーンがキリスト教徒との融和を乱していると批判的な人物もいる。

一方、ウォルドマンは、貧しい層のイスラム教徒にも目を向けている。バングラデシュ人の女性、アスマがそれだ。夫イナムはバングラデシュで大学を出たものの、職に就けず、アメリカに渡った。そしてワールドトレードセンターで清掃員として働いていて、事件に巻き込まれたのである。アスマは夫の死後もアメリカにとどまり、息子を育てたいと考えているが、国籍がないために立場は弱い。

どうしてこのように多様なイスラム教徒を描けたのか？　私はニューヨーク滞在中、ウォルドマンと会い、直接こうしたことを訊ねることができた。彼女の答えは、アフガニスタン、パキスタン、イラン、イラクなどを記者として訪れた経験や、イギリスのイスラム人コミュニティで取材した経験が大きな影響を与えているというものだった。

「私が出会ったイスラム内部の複雑性や多様性は、アメリカで論じられている一枚岩のイスラムとはかなり異なるものでした。そして私は、多くのイスラム教徒たちが9・11によってどんなアイデンティティの危機に直面したかに興味を抱いたのです。自分たちの宗教は何なのか、どうあるべきなのか、彼らは9・11をきっかけに考えるようになりました。ちょうど、多くのアメリカ人が9・11をきっかけに、自分の国について考えたのと同じように」

言うまでもなく、ウォルドマンはアメリカにいるイスラム教徒たちについても多くの取材をした。

「9・11が彼らに投げかけた影に衝撃を覚えました。アメリカ人として悲しんでいるのはもちろんなのですが、暗黙に、あるいはあからさまに、彼らは容疑者にもなってしまったのです。これはまだ続いています。ニューヨーク警察が普通のイスラム教徒たちを監視するプログラムについては、ずっと論争が続いているのです。多数派を守るという名目でマイノリティの権利を侵害することについては、私はずっと関心を抱いてきました。自分がマイノリティの側だったらどういう気持ちがするか、と」

保守派とリベラル派

小説のなかで、イスラムをすべて悪と決めつけるのが反イスラム団体のデビ・ドーソンだ。彼女の団体名〝アメリカをイスラムから救う会《セイブ・アメリカ・フロム・イスラム》〟（ＳＡＦＩ）は、パメラ・ゲラーの団体、〝アメリカのイスラム化を防ぐ会〟（ＳＩＯＡ）を思い出させる。小説のなかでドーソンはカーンのメモリアルについて次のように述べている。

「イスラム教徒たちは、人々を自分たちの信仰に改宗させるために嘘をつくのがよいことだと信じています。（中略）歴史を見てください。イスラム教徒たちは、土地を征服すると必ずモスクを建てました。テロ事件現場にモスクをこっそり建てるわけにはいきませんが、もっと姑息な手段を使ってきたのです。イスラム教の庭、殉教者たちの楽園。ジハードを呼びかける暗号のようです。そして、彼らはそれを私たちの記念碑にこっそりと持ち込みました——これはトロイの木馬です」（上岡訳、一九九頁）

ドーソンに共感する者たちはこのメモリアルを「勝利の庭園」と解釈する。テロリストたちが殉教後に行く楽園をここに作ったのだ、と。彼らは「勝利の庭園はいらない」といった看板を作り、現場近くで座り込みをするなど、反対運動を展開する。

ドーソンのモデルはパメラ・ゲラーではないか？　グラウンド・ゼロ・モスクの論争が作品に影響を与えたのではないか？　そう考えたくなるくらい似通っているが、ウォルドマン自身はそれを否定する。彼女によれば、この小説の草稿をほぼ書き終えてから、グラウンド・ゼロの騒ぎが始まった。デビ・ドーソンというキャラクターもすでにできていて、自分がすでに書いたことが模倣されているような気さえしたという。ただ、それによって、「自分が正しい路線にいて、そこには追究されるべき力強いものがある」（PBSニュースアワーのインタビューより）と確認できたのである。

「最も驚いたのは悪意に満ちた反対意見よりも、リベラルな友人と話したときのことです。彼らは〝もちろん、イスラムにはモスクを建てる権利がある〟と言うのですが、そのすぐあとに〝でも、私としては、建てないでくれたほうがいい、どうも居心地が悪い〟とか〝あれを十二ブロック遠ざけたらいいんじゃないかな〟とか言うんです」（*New Statesman*

二〇一一年九月十一日のインタビューより）

ウォルドマン自身、「自分はリベラルだと思う」と言う。しかし、興味を抱いたのは、その「リベラリズムの限界」だった。

「たとえば、どうしてリベラリズムが多くのアメリカ人とつながらないのだろうか、といったことです。この本ではそれも部分的に追究しています。それから政治的な信念または抽象概念と人間の行動との軋轢《あつれき》についても興味があります。そこからモハマド・カーンというキャラクターができ上がりました。とりわけ彼の強情さと野心が、彼を支持しようとしているリベラルたちにとってとても強いフラストレーションを引き起こしてしまうのです」（*TMO Magazine* のインタビューより）

(http://www.threemonkeysonline.com/literature-as-an-anti-memorial-amy-waldman-in-interview/)

アメリカの理想とその限界

物語はその後、この「案」をめぐってさまざまな人々の思惑がからみ合うさまを描いていく。消防士の兄をワールドトレードセンターでなくしたショーン・ギャラガーは落ちこぼれ的人生を歩んできたが、〝庭園〟への反対運動に生きがいを見出し、どんどん過激化する。功名を狙ってスクープ記事を書こうとする女性雑誌記者アリッサ・スピアは、挑発的なインタビューをしたり、事実を歪めて報道したりして、事態をどんどん紛糾させる。反対運動と、それを煽るマスコミのどんちゃん騒ぎ——アメリカでいかにもあり得そうな話だけに、風刺小説としての切れ味は鋭い。

一方、バングラデシュからの移民のアスマは、こうした論争自体をおかしいと感じ、メモリアルをめぐる公聴会に乗り込む。そして自ら手を上げ、英語もしゃべれないのに自説を主張する。本来のアメリカの理想を思い出させるこのスピーチが作品の一つのクライマックスだ。

「あなた方はイスラム教を、一部の悪いイスラム教徒、悪いことをした人たちと、一緒くたにしています。世界中の何百万人もの人々は、イスラムの教えを守って、善い行いをしてきています。人の命を奪うなどまったく考えないイスラム教徒はもっとたくさんいます。あなた方は楽園を悪い人たちのための場所だと言います。しかし、それは私たちが信じていることではありません。庭はそういう人たちのものではない。楽園の庭は、私の夫のように、人を傷つけたことなどない人のためのものなのです」

（上岡訳、三九六頁）

さらに彼女は「私は庭が正しいと思います」と続ける。「それは、アメリカの本来の姿だからです。イスラムもそうでない人たちも、みんなここに集い、一緒に成長するのです」

それに対し、「揺らぐ」リベラルの代表が、モハマド・カーンと並ぶ重要人物、クレア・バーウェルだ。クレアはアイビーリーグの大学を卒業し、キャリアを志向していながら、夫のキャルに請われ、妊娠とともに家庭に入った。しかし二人の子の「母」としての役割ばかりを押しつけられることに嫌気がさし、キャルと口論したとき、彼はテロで帰らぬ人となる。

クレアが〝庭園〟に固執するのは、こうした複雑な思いを抱えていたからなのである。キャルもリベラル派だった。彼なら立案者の人種や宗教で選考を覆すのはおかしいと考えるだろう。そう信じて、彼女は〝庭園〟を支持し続ける。しかし、論争が過熱するにつれ、彼女自身も揺れ動く。カーンがデザインの変更を頑《かたく》なに拒む点にも疑問を抱く。最後、クレアは「これ以上の国の不和・分裂を防ぐため」として、イスラム教徒の団体と共同で声明を出し、カーンにプランを取り下げるように求める……。

実際のメモリアル

実際にグラウンド・ゼロに建てられた9・11メモリアルはどのようなプロセスを経て選ばれ、建設されたのか。ここで確認しておこう。

メモリアルの案の公募が始まったのは二〇〇三年初頭である。十一月には、最終候補の八作品が選ばれた。選考委員会を構成したのは市長や州知事の代理、遺族の代表、著名な建築家や芸術家などで、ベトナム戦没者メモリアルの設計者、マヤ・リンも含まれていた。

翌年の一月、そのなかでの第一位が発表された。それが無名の建築家、マイケル・アラッドの案、「不在の反映《リフレクティング・アブセンス》」。ワールドトレードセンターのツインタワーがあった場所に、大きな、そして深く掘られた池を二つ作る。水が滝となって深い池に注ぎ込み、そのまわりのパネルには犠牲者の名が刻まれる。

アラッドはロンドン生まれのイスラエル人で、イスラエル軍に在籍したこともある。しかし、こうした設計者の人種や出自はここでは問題にならなかった。ただ、まわりの広場が殺風景すぎるということで、著名な景観建築家、ピーター・ウォーカーと共同制作することになり、現在のようなメモリアルに固まっていった。

二人はこのメモリアルについてのプレゼンで次のように述べている。

「このメモリアルは、ワールドトレードセンターの倒壊によって引き起こされた喪失と不在の感情に共鳴するような場を提案しています。（中略）木々が立ち並ぶ広場に、深く掘られた池を含む大きな空間が二つあります。（中略）それらは大きな空白であり、開かれた、目に見える形で不在を思い出させるものなのです」（Blais and Rasic, *A Place of Remembrance*, p.139）

ベトナム戦没者メモリアルや、ウォルドマンが考えた〝庭園〟と同様に、死者を悼み、瞑想《めいそう》を誘うような空間として考えられているのだ。

グラウンド・ゼロ・モスクの今

では、グラウンド・ゼロ・モスクはどうなったのか？　こちらは現在建設が延期されている状態である。反対運動を押し切って建設を強行することはせず、様子を見ているのだが、計画を断念したわけではない。そして、建設予定地のビルの内装を変える形でひとまずオープンした。そのビル、〝パーク五一〟を、私は二〇一四年四月に訪れた。*1

〝パーク五一〟というビル名は、パークプレースの五一番地という意味である。ワールドトレードセンターからウェストブロードウェイを北に二ブロックほど行き、パークプレースを右に少し入ったところがそれだ。新しくできたワン・ワールドトレードセンターは確かにすぐ近くに見える。

パークプレース五一番地付近に行ってみると、入り口にPark 51という看板が出ており、ようやくここがいわゆる「グラウンド・ゼロ・モスク」であるとわかる。人の出入りもなく、さてどうしたものかとためらっていると、ちょうど通りかかった中東系らしき中年男性が話しかけてきた。「興味があるのならどうぞ入ってください」と導かれるがままに中へ。「質問は何でも彼にしてください」とアフリカ系の受付の人に委ねられる。受付の人は親切にパンフレットなどをくれ、あとはホームページを見てくださいと、URLを教えてくれた。

自由に見学していいと言われ、なかをぶらぶらしてみる。と言っても、オープンしているのは祈りの部屋くらい。カーペットを敷き詰めたかなり広い空間だが、このときは椅子に座って何かを読んでいる人と、ひざまずいてお祈りしている人の二人しかいなかった。祈っている人はアフリカ系と思われる。外のニューヨークの喧騒からは想像できないような静かな時間が流れていた。写真を撮っていると、祈っていた人がそれに気づいてこちらを見た。咎《とが》められるかと一瞬緊張したが、そのようなことはまったくなかった。

受付に置いてあったパンフレット、および受付の人に教わったホームページによれば、現在この施設ではアラビア語、イスラムの美術やカリグラフィー、ヨガや武術などの教室が開かれている。わかりやすくイスラムの教えを説明したパンフレットも置いてあり、イスラム教への理解を深めてもらおうという試みもしているようだ。

受付には〝NYC: A city for all〟および〝We welcome Park 51〟というメッセージ入りのTシャツが飾られていた。これは、「アメリカ的価値観を擁護するニューヨークの隣人たち」(New York Neighbors for American Values) という会の作ったものである。そのホームページによれば、この会はイスラム教徒に対する差別や偏見に対抗し、アメリカ憲法に規定された価値観を守ろうと活動している。グラウンド・ゼロ・モスクの騒ぎによって、非イスラム教徒たちのなかにも、アメリカ本来の理念を守ろうという意識が高まったのだ。全米で最も多様な街、多様性を受け入れてきた街、ニューヨークの心意気がここに感じられた。*2

メッセージ入りのTシャツ

アメリカの進む方向

ウォルドマンの『サブミッション』は、こうした現実を見事に反映した作品と言える。現実を風刺しながら、アメリカの進む方向についてもさまざまな可能性を示しているのだ。彼女はこの小説にどんな思いを託したのか? 読者に最も伝えたかったのは何か? まずは9・11テロ事件を記者として見た衝撃と、それがどのように創作と関わったのかを訊ねてみた。

「あの日の朝の出来事から始まって、9・11に関するすべてがショッキングでした。でも、事件の余波が違うものだったら、小説は書かなかったんじゃないかと思います。というのも、私が興味を抱いたのは、究極的には余波のほうだったのです――アメリカがどういう国で、どういう方向に向かうべきなのかという問題ですね。いかに安全保障と自由のバランス、信頼と恐怖のバランスを取るのか」

ウォルドマンは、小説の執筆中にグラウンド・ゼロ・モスクの論争が起き、それによって書き直した部分があるとインタビューで述べていた。具体的にどのように変わったのだろう。

「あの論争によって、私は小説のさまざまな側面を再考しました。だいたいにおいて、あれは私の想像力を広げましたね。私の想像力をはるかに超えて、物事が荒れ狂ってしまうのを目の当たりにしたのですから。小説を書くとは、暗室にこもって、中身を描写するようなものだと表現したことがあるのですが、あの論争は逆に灯《あか》りを点けたのです。一つだけ例を挙げると、論争の前は、アスマは殺されることになっていませんでした。暴力が激化する可能性は考慮に入れてなかったのです」

とはいえ、『サブミッション』の結末は、アメリカの未来への希望も描かれている。二十年後の近未来を予想する形で、民族的な融和が進んだアメリカを描き出しているのだ。それについてウォルドマンは、別のインタビューでこう語っている。

「アメリカのこととなると、私はリアリストであると同時に楽観主義者です。私たちはしょっちゅう〝アメリカ人〟の定義を狭めようとし、あれこれの民族グループを排除しようとする段階を通り抜けています。それでも最終的に、アメリカという観念――誰もがここに属せるし、アメリカはすべての人に属している――という観念が勝つのです。今回のケースがそうならないと信じる理由はありません」（*TMO Magazine* のインタビューより）

では、実際にできたメモリアルについてウォルドマンはどう思っているのだろう。私の問いに、彼女は次のように答えてくれた。

「美しくて、力強いものです。そして、博物館がオープンすれば、もっとそうなるでしょう。[*3] 入場するまでのセキュリティの問題から、写真を撮っている人々の多さに至るまで、私たちが生きている時代に対する論評と言えるものはたくさんあります――意図されたものではないですけれども。私にとって、それが真の瞑想の場所であることを妨げています」

TMO Magazine のインタビューで、ウォルドマンはメモリアルと文学をこう対比している。

「私はときどき文学を〝反メモリアル〟として考えます。実際のメモリアルは不在をフレームに入れるだけでなく、歴史自体を――この9・11に関して言えば、あの日を――フレームに入れてしまうのです。私はこのフレームを壊し、あの日に起きたことをその後に起きたこととつなげたかった。そのことが、先に進んでいくのに重要なのだと思っています」

風刺的な文学のもつ最大の効果は、読者に我が身を省みさせることだろう。現実を（時に誇張して）描き出すことから、現実を作り出しているシステムに目を向けさせ、自分だったらどうするだろうかと考えさせる。こうして読者を動かすことにより、枠組みからはみ出そうという力を生み出す。生み出せるはずだ、とウォルドマンは信じているのである。

文学の可能性に対する力強い言葉を、ここでも聞くことができた。

＊1　グラウンド・ゼロ・モスクについての部分は、拙論「グラウンド・ゼロ・モスクの今」の一部を修正し、使用している。

＊2　〝パーク五一〟については、二〇一四年八月、三階建てのイスラム博物館を作るという案が発表された。従来の十三階建てのコミュニティ・センターからは大きく後退した形である。しかし、まだ〝パーク五一〟のビルは解体されておらず、新しいビルディングの着工には至っていない。

＊3　9・11博物館は、二〇一四年五月にオープンした。

本章で扱った文学作品

Waldman, Amy. *The Submission*. New York: Farrar, Straus and Giroux, 2011.（エイミー・ウォルドマン『サブミッション』上岡伸雄訳、岩波書店、二〇一二年）

その他参考資料

Blais, Allison and Lynn Rasic. *A Place of Remembrance*. Washington, D.C.: National Geographic, 2011.

上岡伸雄「グラウンド・ゼロ・モスクの今」『図書』岩波書店、七八五号、二〇一四年七月

ＮＨＫ衛星放送『９・11から10年　Ｊ・ダワーが語るアメリカの深層』（第二部〝絆を取りもどすために〟）（二〇一一年一月二日放送）

終章　ポスト9・11小説のこれから

ある意味、二〇〇一年九月十一日以降に書かれた小説はすべて〝ポスト９・11小説〟である。特に現代社会を描こうとするもの、現代人の心性にメスを入れようとするものなら、９・11がどこかに影を落とさずにいられない。

私はラトガーズ大学で、フランシス・バートコウスキー教授という、現代文学の専門家とも出会った。９・11文学についての授業もしたことがあるというので、話をうかがったところ、「あの窓から炎上するツインタワーが見えた」といった思い出話も含めて話をしてくれた。授業で最初に読んだ作品はフィリップ・ロスの『プロット・アゲインスト・アメリカ』(Philip Roth, *The Plot Against America*, 2004) であるという。第二次世界大戦の時代のアメリカを扱い、もしアメリカに親ナチと言われたチャールズ・リンドバーグの政権ができていたらどうなっていたかを想像したものだ。小説のなかのアメリカはファシズムに大きく傾斜、ユダヤ人は迫害され、厳しい監視下に置かれる……。

現代を扱った小説ではないのだが、これについてバートコウスキー教授は「９・11後の雰囲気に影響を受けて書かれたものだと思っている」と言う。

「９・11後に書かれ、それ以前の時代を使いながら、９・11後のある側面について語るための小説だと思います。パラノイア、政治的に不穏な状態、内部にいる敵への恐怖といった側面ですね」

この本が出版されたのはイラク戦争の正当性のなさが暴露され、ブッシュ政権への批判が高まっていた時期だ。多くの読者が当時の政治状況と重ね合わせて読んだと言われている。

バートコウスキー教授の授業でほかに扱ったのは、ジョナサン・サフラン・フォアの『ものすごくうるさくて、ありえないほど近い』、ドン・デリーロの『墜ちてゆく男』といった「定番」のほか、コラム・マッキャン『世界を回せ』(Colum McCann, *Let the Great World Spin*, 2009)、クレア・メスード『ニューヨーク・チルドレン』(Claire Messud, *The Emperor's Children*, 2006)、ジョゼフ・オニール『ネザーランド』(Joseph O'Neill, *Netherland*, 2008) などだという。9・11が背景にとどまっているという理由で、私が取り上げなかった作品だ。

どのようなアプローチで読んでいったのかという問いに、教授はこう答えてくれた。

「まず心理的なこと、トラウマの問題ですね。それから危機や緊急事態を前にして、政治的な規制が人々の信じていることに取って代わっていったこと。政府が国民に同意するように求めたことに対して、どのようなことに同意できるか。より露骨になってきている監視の問題などです」

「学生に何を期待し、学生はどのように反応しましたか？」という問いには、次のような答えが返ってきた。

「まず、自分たちにまさに関わりのあることとして歴史を考えるように求めました。というのも、これはすべての人の経験ですし、すべての人の記憶に残っていることです。だからみんな、とても個人的な思いを授業で語ってくれました。ここ数年で、自分たちの考えがいかに変わったか。学生たちは自分たちの生きている世界がずっと複雑であり、どんどん混乱していくというふうに見るようになったのです」

ジェイン・アン・フィリップスとの対話

ラトガーズ大学では、現代アメリカ文学を代表する作家、ジェイン・アン・フィリップス（Jayne Anne Phillips）とも出会った。いわゆる「ミニマリズム」がもてはやされた一九八〇年代末から九〇年代初頭、日本でも彼女の短編集が何冊か訳され、若い女性らしい感性と詩情溢れる文章が読者を魅了した。しかし、その後の彼女は、社会問題を扱う骨太の小説を世に送り出している。

彼女と話したとき、彼女は最新作『静かなデル』（*Quiet Dell*, 2013）の出版を間近に控えていた。この作品は、一九三一年に起きた連続殺人事件を素材とした四百五十ページ超の大作。その前作『ラークとターマイト』（*Lark and Termite*, 2009）は「老斤里《ノグンリ》の虐殺」という、アメリカ軍による朝鮮戦争での民間人虐殺を扱っている。『ラークとターマイト』は全米図書賞の最終候補に残った。

9・11は彼女の創作活動に何か影響を及ぼしているだろうか。その問いに対し、彼女は次のように語った。

「空港に行って、その厳重警戒ぶりを見れば、9・11を思い出します。テロ行為を抑えることを目的とした政府の管理が、個人の表現の自由を抑圧しているということもあります。だから、9・11は新しいボキャブラリー、新しい困難、そしてアメリカ人の生活への警告を招じ入れたのです」

『静かなデル』で扱われた実在の連続殺人鬼は、結婚を餌《えさ》に未亡人に近づき、次々に殺していた。小説はこの事件全体を探究しようとするものだが、「多くの点で現代の生活とつながっています」と彼女は語る。

「今では多くのことがインターネットで行われます――インターネットで結婚相手と知り合ったりしますが、一九三一年当時は結婚紹介所を使っていて、互いに手紙を書いたりしました。だから当時でも、違う自分を演じていたんです。殺人犯は二百人以上の女性に手紙を書いて、手紙を使って結婚するふりをして、誘惑をしていました。全米に広く報道され、裁判はオペラハウスで千二百人の観客を前に行われました。そして七十社もの新聞社が外で張り込んで、取材しました。人々はその時代の政治的現実について考える代わりに、メディアで与えられたこの事件のことばかり話題にするようになりました。つまり、これはメディアに関する本ですし、こういうところに9・11の一面が見えると思います」

9・11をめぐるメディアの報道の熱狂ぶり――それがいかに偏った世論を作り、戦争にさえつながったかは、これまで見てきたとおりである。

フィリップスの前作『ラークとターマイト』は朝鮮戦争で父親が戦死した子供たちを中

心人物とし、並行して彼らの父親、ロバート・レヴィットが虐殺事件に遭遇するさまを描いていく。一九五〇年、アメリカ軍は韓国人避難民のなかに北朝鮮兵が混じっていると疑い、機銃掃射により約三百人の韓国人民間人を虐殺した。レヴィットは国境地帯の韓国人たちを避難させようとしてアメリカ軍の機銃掃射にあい、自らも瀕死の重傷を負いながら、韓国人たちを導いてトンネルに避難させる……。

この小説が書かれたのはちょうどイラク戦争の頃である。アメリカの恥部とも言える民間人虐殺に取材した点で、まさにタイムリーと言いたくなるところだが、彼女自身は特別な関連性を否定する。ただ、彼女は「すべての戦争に当てはまるものとして書いた」と述べている。「どんな戦争にも当てはまる混乱や残虐さの例である」と。

メディアの影響力はますます強まり、権力者はメディアを操作することで国民を戦争に導くことさえする。一度戦争になってしまえば、兵士たちは生き残ることに必死で、倫理観は麻痺する。犠牲になるのは、罪のない民間人だ。『ラークとターマイト』も『静かなデル』も、別の時代のことを描いた作品なのに、9・11後に当てはまるものとして読者は読まずにいられない。

文学の普遍性とは、つまりこういうことだろう。書き手は時代に影響を受けながら、時代を超えるものを書こうとする。読み手も時代の影響を受け、自分たちの時代に当てはまる物語として作品を読む。優れた文学作品なら、まったく違った時代でも「自分たちの物語」として読み継がれるのだ。

『ザ・ロード』

最後に重要な小説を一冊紹介しておこう。コーマック・マッカーシーの『ザ・ロード』(Cormac McCarthy, *The Road*, 2006)である。これについては拙論「九・一一後、アメリカ文学は何を語りうるか——『自分たち』と『他者』の間」でも取り上げたので、その部分を修正して使わせていただく。

この小説は、9・11テロ事件を直接扱ったわけではないので、その文脈で語られることは少ない。ソ連との冷戦期に数多く出版された、「世界の終末」を扱うSF小説の一つのバリエーションと見ることもできる。[*1] しかし、どこに潜むかわからないテロリストに怯えるようになった現在、このような世界破滅の可能性は冷戦期以上に迫真性をもつとも考えられる。さらに、この作品が現代の状況にとって重要なのは、その大前提の部分にあると言える。それは、世界破滅の原因がまったくわからない点だ。

核戦争なのか原発事故なのか、はっきりとわからない理由によって、突然日常生活は失われる。空は常に黒い雲に覆われ、灰のようなものが降ってくる。動物はほとんど死滅し、植物も枯れている。唐突に世界が破滅し、官庁もマスコミも機能しなくなったら、人々は何が起きたのかもわからないだろう。それでも生き残るためにどうするか？ この小説内の人々は略奪し合い、人肉を目当てに殺し合う。その状況がリアルに描かれているのだ。

主人公の男は幼い息子とともに、アメリカのアパラチア山脈付近と思われる地域を南に向かって歩いている。子供の母親である妻は、モラルを失った世界に絶望して自殺。彼は少しでも暖かい地方に移ろうと、食べ物をあさり、息子を守りながら旅している。二発しか弾丸のないピストルを大事にもち、いざとなったら息子を殺して自分も死ぬ覚悟である。

男に生きる理由があるとすれば、それは息子の清らかな心しかない。息子はどんなに飢えていても、困っている人を助けようとし、悪を拒む。父は思う――「あの子が神の言葉でないのなら神は一度もしゃべったことがないんだ」（黒原訳、六頁）。この上なく悲惨な状況を描いていながら、この小説が「美と善に溢れている」[*2]として高く評価されているのは、少年の優しい気持ちと、それを守ろうとする父親の姿が胸を打つからである。小野正嗣もこの親子関係が「私たちを途方もなく深く感動させる」として、この作品を「まぎれもない、とてつもない傑作だ」と絶賛している（「荒廃した世界の親子愛」『読売新聞（朝刊）』二〇〇八年七月六日）。

「自分たち」と「他者」

もう一つ、この小説が特にユニークかつ優れているのは、「自分たち」と「他者」との区別を排除し切った点にある。主人公の親子のみならず、この小説のほとんどの登場人物が名前も人種も明らかにされない。先ほどの「神」がどの宗教の神かも特定されない。つまり、善も悪も人種に特定されるのではなく、全人類に共通する問題として扱われている。世界を破滅させたのは、おそらくは全人類に共通する悪であり、愚かさなのであろう。それは、こうした状況で他人から略奪し、人肉を食べようとする人間たちの姿に現われている。しかし、そんな世界を救う希望があるとすれば、この少年に体現される全人類に共通する「善」しかない。そういう形で世界の破滅を書き切ったところが作品の偉大さであり、鬼気迫る部分なのだ。

その意味で、これは映画化されてはいけない小説だった。ジョン・ヒルコート監督による映画『ザ・ロード』(二〇〇九)は、主人公がヴィゴ・モーテンセン、その妻がシャーリーズ・セロン、最後に息子を引き取る集団のリーダーがガイ・ピアースと、善人はすべて白人である。それに対し、略奪団などは白人と黒人が入り混じっている。映画製作者の人種偏見をとりたてて非難するつもりはない。主人公親子がアラブ系であったりすれば、それはそれで余計な政治的意味が加わってしまうだろう。何系かわからない白人というのは、最もニュートラルだとは言えるのだ。ただ、人種が見えないところに小説の偉大さがあったとすれば、映画化はその偉大さを放棄する試みだったと言わざるを得ないだろう。

いずれにしても、小説の『ザ・ロード』は、小説だからこそできることを――そして文学のもつ力を――再確認させてくれる作品であった。テロという暴力のもつ圧倒的な力、そして映像や音声を駆使したマスコミの発信力と比べ、文学はあまりに無力だ。しかし、一過性のメッセージにはない力を文学はもっていると私は信じている。9・11テロ事件のような事件にどのように向き合い、どのように乗り越えていくのか、それを深く考えさせてくれるような文学作品を、今後も世界の作家たちから期待したい。

序章でも触れたように、本書は二〇一二年秋から二〇一三年春までの、ニュージャージー州ニューアーク市でのリサーチから生まれた。9・11にまつわるエピソードがどのように文学作品となったか、報道との違いは何か、といったことが私の関心事だった。そして、作品を書いている作家たちや、それを研究している人々の意見をできるだけたくさん聞きたいと考えた。直接インタビューを許してくれた方々、メールを通じて質問に答えてくれた方々に感謝する。姓名のアルファベット順に敬称略で挙げると、サディア・アッバス、フランシス・バートコウスキー、ドン・デリーロ、バリー・アイスラー、H・ブルース・フランクリン、ムハジャ・コフ、フィル・クレイ、ジェレミー・D・マイヤー、H・M・ナクヴィ、ジェイン・アン・フィリップス、エイミー・ウォルドマン、ジェス・ウォルター の各氏である。

質疑応答での彼らの答えによって、私は大いに勇気づけられた。辛い事実に敢えて目を向けようとする作家、共感できる他者を描こうとする作家、ステレオタイプを超えた人物像を作り出そうとする作家、公式的な現実の裏の真実を探ろうとする作家、戦場の真実を伝えようとする作家……これらはすべて、大変に意義のあることではないか。彼らの文学と、彼らのインタビューを通じて、私は文学の力を再確認できた。

モーシン・ハミッドがインタビューで述べていたことも、特に心に残った。彼は「小説家の核となる技術は共感を呼び起こすことです」と語り、「世界が現在苦しんでいるのは、共感に欠けているからだと思います」と述べている。世界を惨状へと導くのは、ハミッドも続けて述べているように、他者への共感に欠ける政治家やテロリストたちだ。その意味では、小説家の役割と責任は極めて重いと言っていい。

翻って日本を見ると、「読書ゼロ」の人たちが増えているという。「読書ゼロ」とはつまり、小説を通じて他者に共感することのない人たちではないか。裏の真実を探ろうとせず、ただ支配者の言うことを鵜呑《うの》みにする人たちではないか。現在の日本の状況を見ると、それが杞憂《きゆう》ではないように思えてくる。本書を、そんな日本の状況にも照らして読んでいただけたら幸いである。

最後になりましたが、本書を構想の段階から支えてくださった集英社新書の渡辺千弘氏には、言葉では言い尽くせないほどお世話になりました。この場を借りて、心よりお礼を申し上げます。

二〇一五年　九月十一日

上岡伸雄

＊１　世界終末を扱った冷戦期の小説で有名なものを挙げると、ネヴィル・シュート『渚にて』、ウォルター・Ｍ・ミラー・ジュニア『黙示録３１７４年』、モルデカイ・ロシュワルド『レベル・セブン』、アルフレッド・コッペル『最終戦争の目撃者』、カート・ヴォネガット『猫のゆりかご』などがある。

＊２　Alan Warner, "The Road to Hell." *The Guardian*, November 4, 2006. (http://www.guardian.co.uk/books/2006/nov/04/featuresreviews.guardianreview4)

本章で扱ったおもな文学作品

McCarthy, Cormac. *The Road*. New York: Alfred A. Knopf, 2006.（コーマック・マッカーシー『ザ・ロード』黒原敏行訳、早川書房、二〇〇八年）

Phillips, Jayne Anne. *Lark and Termite*. New York: Alfred A. Knopf, 2009.

Phillips, Jayne Anne. *Quiet Dell*. New York: Scribner. 2013.

Roth, Philip. *The Plot Against America*. Boston: Houghton Mifflin, 2004.（フィリップ・ロス『プロット・アゲインスト・アメリカ』柴田元幸訳、集英社、二〇一四年）

その他参考資料

上岡伸雄「九・一一後、アメリカ文学は何を語りうるか——『自分たち』と『他者』の間」『世界』岩波書店、八二二号、二〇一一年十月

上岡伸雄（かみおか　のぶお）

一九五八年生まれ。翻訳家、アメリカ文学研究者。学習院大学文学部英語英米文化学科教授。東京大学大学院修士課程修了。一九九九年アメリカ学会清水博賞受賞。フィリップ・ロス、ドン・デリーロなど現代アメリカを代表する作家の翻訳を手がけている。著書に『ニューヨークを読む』（中公新書）、訳書に『サブミッション』『一時帰還』（岩波書店）、『墜ちてゆく男』（新潮社）など多数。

テロと文学《ぶんがく》 9・11後《ご》のアメリカと世界《せかい》

集英社新書〇八一八F

二〇一六年一月二〇日 第一刷発行

著者……上岡伸雄《かみおかのぶお》

発行者……加藤 潤

発行所……株式会社集英社

東京都千代田区一ツ橋二-五-一〇　郵便番号一〇一-八〇五〇

電話　〇三-三二三〇-六三九一（編集部）
〇三-三二三〇-六〇八〇（読者係）
〇三-三二三〇-六三九三（販売部）書店専用

装幀……原 研哉

印刷所……凸版印刷株式会社

製本所……ナショナル製本協同組合

定価はカバーに表示してあります。

ISBN 978-4-08-720818-4 C0290

Printed in Japan

a pilot of wisdom

a pilot of wisdom

集英社新書　好評既刊

日本の犬猫は幸せか　動物保護施設アークの25年
エリザベス・オリバー　0805-B

日本の動物保護活動の草分け的存在の著者が、母国・英国の実態や犬猫殺処分問題の現状と問題点を説く。

孤独病　寂しい日本人の正体
片田珠美　0806-E

現代日本人を悩ます孤独とその寂しさの正体とは何なのか。気鋭の精神科医がその病への処方箋を提示する。

宇宙背景放射　「ビッグバン以前」の痕跡を探る
羽澄昌史　0807-G

最先端実験に関わる著者が物理学の基礎から最新の概念までを駆使して、ビッグバン以前の宇宙の謎を探る。

おとなの始末
落合恵子　0809-B

人生の〝かっこいい〟始末のつけ方とは何なのか。死生観や倫理観に対峙しながら、新しい生き方を考える。

性のタブーのない日本
橋本 治　0810-B

性をめぐる日本の高度な文化はいかに生まれたのか？タブーとは異なる「モラル」から紐解く驚愕の文化論。

経済的徴兵制
布施祐仁　0811-A

貧しい若者を戦場に送り込む〝謀略〟は既にはじまっている！「政・官・軍」ぐるみの悪制の裏側に迫る。

ジャーナリストはなぜ「戦場」へ行くのか ―取材現場からの自己検証
危険地報道を考えるジャーナリストの会・編　0813-B

政権の報道規制に危機を感じたジャーナリストたちが自己検証を踏まえながら、「戦場取材」の意義を訴える。

消えたイングランド王国
桜井俊彰　0814-D

歴史の狭間に消えゆく故国・「イングランド王国」に命を賭した、アングロサクソン戦士たちの魂の史録。

ヤマザキマリの偏愛ルネサンス美術論
ヤマザキマリ　0815-F

『テルマエ・ロマエ』の作者が、「変人」をキーワードにルネサンスを解読する、ヤマザキ流芸術家列伝！

野生動物カメラマン〈ヴィジュアル版〉
岩合光昭　040-V

数多くの〝奇跡的〟な写真とともに世界的動物写真家が綴る、撮影の舞台裏と野生動物への尽きせぬ想い。

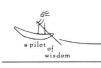